Franka Ebell

BIN DABEI MICH ZU VERLIER'N

Roman

Bibliografische Information der Deutschen Nationalbibliothek:
Die Deutsche Nationalbibliothek verzeichnet diese Publikation in der Deutschen Nationalbibliografie; detaillierte bibliografische Daten sind im Internet über http://dnb.dnb.de abrufbar.

Die automatisierte Analyse des Werkes, um daraus Informationen insbesondere über Muster, Trends und Korrelationen gemäß §44b UrhG („Text und Data Mining") zu gewinnen, ist untersagt.

© 2025 Franka Ebell

Verlag: BoD · Books on Demand GmbH, In de Tarpen 42, 22848 Norderstedt, bod@bod.de

Druck: Libri Plureos GmbH, Friedensallee 273, 22763

Hamburg

ISBN: 978-3-7693-3901-7

Prolog

Ich verabschiede mich von Anna, die es sich auf der Couch gemütlich gemacht hat. Draußen ist es schon dunkel, ich ziehe mir die dicke Jacke über und binde sogar einen Schal um, denn um diese Zeit liegen die Grade immer noch nahe um den Nullbereich. Ich schnappe mir meine Tasche und versuche Anna noch einen Kuss auf die Wange zu drücken.

„Dann mach's mal gut!", sage ich. „Bis morgen früh. Ich hasse diese Dienste, vor allem die Nachtdienste, wenn man in dem Moment weg muss, wo man sich am liebsten hinlegen würde."

Anna schaut mich irritiert an. „Dienst? Was für einen Dienst? Wo willst du hin?"

Wie konnte sie das nur schon wieder vergessen! Ich hatte ihr doch schon vor dem Wochenende gesagt, dass ich den Dienst von Pfeiffer übernehmen muss. Wieso hat sie sich das wieder nicht gemerkt?

„Anna!" beginne ich und ich glaube meine Stimme klingt schon leicht gereizt.

„Anna, das hatten wir doch schon besprochen! Was ist nur los mit dir?"

„Was hatten wir *besprochen*? Deinen Dienst? Wovon redest du? Ich kann mich nur erinnern, mit dir *den Küchendienst besprochen* zu haben!"

„Anna! Sei jetzt bitte nicht komisch! Ich muss jetzt wirklich los. Mach mir bitte kein Theater! Ich muss in die Klinik!"

Meine Frau erhebt sich mühsam vom Sofa und baut sich drohend vor mir auf.

„ Jo – han - nes!", sie dehnt jede Silbe. Das kenne ich. Wenn sie das macht, dann wird es ungemütlich, dann kann ich mich auf was gefasst machen.

„Jo-han-nes, du gehst jetzt *nirgendwo hin*!", sagt sie überdeutlich laut und in diesem Zeitlupentempo. Dabei ist Zeit genau das, was ich jetzt gerade nicht habe. Ich muss los.

Anna stemmt die Arme in die Seiten und versucht, sich mir in den Weg zu stellen. Nun reicht es aber! So hat sie sich ja noch nie aufgeführt! Da stimmt doch was nicht mit ihr! So ein sonderbares Verhalten kenne ich ja bisher nur von meinen dementen Patienten. Anna wird doch nicht...

Was mache ich denn jetzt bloß mit dieser Situation?... Ich muss den Jungen anrufen, er muss herkommen. *So* kann ich sie unmöglich alleine lassen! Ich greife zum Telefon und beginne seine Nummer einzutippen.

„Was machst du da? Wen willst du –herrgottnochmal- um diese Zeit noch anrufen?", faucht sie mich an und versucht mir das Telefon zu entreißen. Doch ich halte einfach nur ihren Arm fest und mache weiter.

„Johannes!", kreischt sie jetzt schon hysterisch. „Du hast keinen Dienst heute! Weder heute, noch sonst irgendwann. Du ziehst dir jetzt bitte all die Sachen wieder aus und setzt dich zu mir auf die Couch!"

Da fängt sie schon vor Wut am ganzen Körper an zu zittern. Mein Gott! Sie steigert sich in ihre irrigen Annahmen hinein und wird vielleicht noch einen Erregungszustand bekommen. Ich muss ihr unbedingt was geben. Zur Beruhigung. In meiner Tasche müsste doch noch ein bisschen Tavor sein…

In diesem Augenblick beschließe ich, meine Taktik zu ändern…Ich nehme sie ganz sanft in meine Arme und drücke sie vorsichtig an mich, streichle ihr übers Haar.

„Anna, hör mir bitte gut zu…komm wir setzen uns beide…ich mache mir doch Sorgen um dich, wenn du so aufgeregt bist. Was hast du denn nur immer in letzter Zeit? Mmh? Ich möchte, dass du mich jetzt unseren Sohn anrufen lässt. Es wäre wirklich besser, wenn du heute Nacht nicht alleine bist. Keine Sorge, ich warte noch, bis er da ist…"

Anna schaut immer noch völlig fassungslos, gibt aber nach und lässt mich gewähren. Stille Tränen kullern über ihre Wangen...Ich erreiche unseren Sohn sofort und schildere unsere Lage. Er verspricht, umgehend zu kommen.

Dann warten wir...

Da sitzen wir nun, wir zwei Alten auf unserer auch schon mittlerweile recht alten Couch und halten uns noch immer an den Händen gefasst. Von außen betrachtet sicherlich ein harmonisches Bild. So wie früher.

Und doch habe ich die unumstößliche Gewissheit, dass ab sofort nichts mehr so sein wird, wie es einmal war. Ab jetzt beginnt ein langer Abschied...

TEIL 1

Johannes

12. April

„Das wird aber Zeit Doktor…!" flötet mir die Schwester fröhlich, nur kurz von der Akte aufblickend, durch das offene Dienstzimmer entgegen.

„Wieso?" bemühe ich mich sofort um eine Rechtfertigung, „wieso Zeit? Es ist doch noch nicht mal Acht, bis zur Visite habe ich doch noch…"

„Aber nein, Doktor, heute ist doch schon Mittwoch…."
„Ach, schon Mittwoch, der kommt bekanntlich nach dem Dienstag, hahaha…"

Die Schwester schaut noch einmal -nun aber mit einem leicht verkniffenem Lächeln- auf. Das fand sie wahrscheinlich jetzt nicht so witzig. Ein bisschen mehr Mühe hätte sie sich eigentlich schon geben können. Die frühere Stationsschwester war da anders, die hat immer gleich losgebrüllt, wenn ich komisch war und überhaupt, früher…da war alles anders…da hat mich die Schwester mit Handschlag begrüßt: Einen schönen guten Tag, Herr Doktor; die ist immer gleich aufgesprungen, wenn ich zur Tür hereinkam. Das ist mit heute gar kein Vergleich....

„Herr Doktor" mahnt die hier gegenwärtig vor mir thronende Schwester jetzt schon mit leicht angesäuertem Ton, „sie müssen jetzt aber wirklich los, die Gedächtnis-Gruppe wartet schon eine ganze Weile...!"

„Ach, die... die Gruppe", sage ich noch und setze mich langsam in Bewegung. Auch das war früher anders...Gedächtnisgruppe...früher hatten wir ganz andere Gruppenthemen auf so einer Station wie dieser hier...aber überall diese Dementen, jeder Bereich wird von denen dominiert, Kaufhallen, Krankenhäuser, beim Stadtbummel, im Urlaub und sogar schon im Fitnesscenter....überall muss man Rücksicht nehmen... und dann brauchen die immer so lange mit allem...na was soll's, demographischer Wandel, hahaha.....Will mal schnell den Schalter umlegen und wieder den verständnisvollen Doktor spielen...

Hoppla, na, das sind aber schöne Bilder hier an der Wand, komisch, die hingen doch letzte Woche noch nicht hier?! Wirklich gute Aufnahmen....muss doch nachher gleich mal fragen, wer die gemacht hat.

Beim Öffnen der Tür zum Gemeinschaftsraum empfängt mich schon eisiges oder doch eher ein stumpfes Schweigen?...

„Hallo, einen schönen guten Morgen!", schmettere ich fröhlich in die Runde, „Na, sind alle da?" Ich setze mich auf den einzig freien Platz neben einer sehr ängstlich dreinblickenden sehr dünnen Dame mit langen weißen Zöpfen. Sie hat ihren Blick auf den Boden geheftet und knetet ihre kleine Puppe mit den langen dürren Fingern. Ich glaube, sie hieß Scholz, ja Scholz.

Alle anderen Blicke sind immer noch neugierig auf mich gerichtet...jedes Mal frage ich mich in so einer Runde auf 's Neue, was sie wohl von mir erwarten....was geht in ihren Köpfen noch vor sich? Denken sie, ich bin der Märchenerzähler?

„Dann können wir ja anfangen, schön", sage ich extra laut. „Ich möchte Sie alle in unserer kleinen Morgenrunde herzlich begrüßen. Ich hoffe, Sie haben alle gut geschlafen und es geht Ihnen auch gut, oder strengt es jemanden im Moment sehr an, hier zu sitzen? Ich selbst bin noch etwas müde, aber die Sonne, die hier gerade so schön durch das Fenster herein scheint, tut- finde ich- so richtig gut. Wem geht es denn ähnlich?"

Mehrere Hände gehen nach oben, ein alter Graubart nickt zustimmend: „ Ja, schöner Sonnenschein, das ist gut....ich möchte so gerne in den Garten..."

„Das glaube ich Ihnen, da ist es jetzt bestimmt besonders schön..."pflichte ich ihm bei. Und um ihn von seinem Drang, die geschlossene Station sofort verlassen zu wollen abzulenken, fahre ich fort:

„Sie hatten wohl selber einen eigenen Garten, früher?"

Da brummt er zustimmend und seine Augen bekommen plötzlich diesen leuchtenden Schimmer...

„Was haben Sie denn da so angebaut? Zählen Sie doch mal auf, was da so alles wuchs?" -Geschafft- und schon haben wir geschickt zur Gedächtnisarbeit, zum Gruppenthema, umgeschwenkt, freue ich mich.

Der alte Brummbär richtet den konzentrierten Blick nach innen: „Ja..." murmelt er. „Es wuchs vor allem das Unkraut....." Alles lacht. Gott sei Dank, der Damm ist gebrochen.

Schon meldet sich der nächste Spaßvogel: „ Da haste wohl was falsch gemacht..."

„Lass ihn in Ruhe", schimpft eine Mollige mit nur ganz wenig Falten im Gesicht, „ Er hat bestimmt noch andere Sachen angebaut, außer Unkraut..."

„Genau", meldet sich der alte Brummbär wieder zu Wort und ich beeile mich, ihm schnell aufmunternd zuzunicken, damit der Gedankenstrom nicht versiegt, der da eben mühsam begann...

„Also, ich hatte Steckrüben und Kohl, viel Kohl...und...und...Kartoffeln, ja Kartoffeln auch."

„Wem fallen noch mehr Gemüsesorten ein?"

„Zwiebeln und Tomaten...."

„ Grünkohl, Blumenkohl, Salat..."

In die Runde kommt richtig Leben.

„Äpfel und Pflaumen..."

„Aber das ist doch gar kein Gemüse...", bekrittelt ein bisher abwesend wirkendes Knautschgesicht.

So und nun geht's mit den Obstsorten weiter, schön wie sie sich gegenseitig den Ball zuwerfen. Ich lasse sie noch eine Weile so weiter machen...das läuft jetzt echt gut. Da zeigt sich mimisch endlich wieder was, wie weggeblasen sind der Stumpfsinn und die Gleichmut aus den Gesichtern. Hätte gar nicht gedacht, dass mich das so freut. Nur schade, wie kurz das immer nur anhält, wie rasch versiegt diese Energie, dieses Fünkchen früheren Geistes wieder...

„OK.", höre ich plötzlich eine kräftigere Stimme und schaue in zwei noch ziemlich junge Augen im Kreisrund gegenüber, denke noch, wer ist denn das? , da tönt dieser Jungbass auch schon weiter: „Ich möchte Ihnen ein Spiel vorschlagen. Haben Sie alle Lust mitzumachen?....Ein Spiel, so wie früher?"

Alle Blicke sind nun gespannt auf diesen jungen Mann gerichtet.

Wer ist denn das bloß? Hat sich mir gar nicht vorgestellt! Das muss ich nachher noch klären, dem fehlt wohl ein bisschen die Kinderstube! ...So geht das aber nicht! -Ich merke, wie ich richtig wütend werde. Da redet er schon weiter:

„ Ich dachte da an das Spiel Kofferpacken, wer kennt das noch? ...Ja Sie und Sie auch....ach so viele ....das ist aber schön. Aber einige kennen es noch nicht. Kann sich jemand vorstellen, es für alle noch einmal zu erklären? Ja, Sie? Nur Mut..."- Na, der junge Mann benimmt sich ja fast professionell, nur wer ist das? Haben sie mir heute einen Pfleger mit reinge-setzt?

Ach- jetzt fällt es mir wie Schuppen von den Augen...natürlich das muss der neue Assistenzarzt sein, von dem der Chef Ende des Jahres gesprochen hatte....nun, ich bin überrascht, dass er auf meiner Station gelandet ist...aber ich denke mal, ich komme hier ganz gut allein zurecht...die auf der Sucht kön-nen doch aber noch jemanden gebrauchen, da fehlte doch immer jemand. Herrje, das hat mich aber eben abgelenkt, ich muss besser aufpassen...jetzt haben sie schon mit dem Spiel angefangen...Kofferpacken...einer fängt mit einem Gegenstand an, der nächste wiederholt das Genannte vom Vorgänger und fügt ein weiteres Stück für den Koffer hinzu.

„Ich kann das nicht...", schnarrt ein Stimmchen zwei Stühle neben mir, „ ich kann das nicht...nicht so viele Dings, so viele Dingsworte, die sie sind mir gerade heruntergefallen...."

„Ihnen sind keine neuen Worte *eingefallen*?", schalte ich mich wieder ein, um das Zepter erneut zu übernehmen, „An welche Gegenstände, die der Herr vor Ihnen genannt hat, können Sie sich denn aber noch erinnern?"

Schulterzucken und ein ratloser Blick sind die Antwort.
Die Nachbarin hilft:

„Badehose, Schnorchel, ein Buch, eine Sonnenbrille...und...und...Handtücher..."

„Ja, jetzt fällt mir wieder was in den Kopf...Kofferpacken....da nehme ich mit....eine Bluse, ja eine rote Bluse....die mit dem Kragen...soll ich auch Nähzeug mitnehmen?"

Die Nachbarin scheint richtig fit zu sein, schon wieder hilft sie und macht dann weiter:

„Also noch mal; Schnorchel, Badehose, Buch, Handtuch, Brille...äh...Sonnenbrille, dann die Kragenbluse ...ähm...und...Zündzeug."

„Zündzeug? Sind sie sicher?" frage ich sie. Schade, nun hatte sie sich doch verheddert.

„Ja Zündzeug. Wieso? Das gibt es doch, oder? So ein Zeug zum zündeln, das braucht man doch...ich...ich nehme so was immer mit..."

„Können *Sie* jetzt bitte weitermachen?"

Die junge Stimme von gegenüber schon wieder, dieser, dieser Jungarzt, was mischt der sich hier plötzlich ein?

„Das haben Sie aber prima gemacht.", sage ich an die alte Dame neben mir gewandt, um sie aufzumuntern, „wirklich! Das war eine sehr gute Leistung." Sie strahlt wie ein Honigkuchen.

„Na, wie sieht es nun aus?" –schon wieder der Neue mit seinem viel zu jungen Gesicht...

„Wie steht es *mit Ihnen*? Können *Sie* alle Begriffe wiederholen und vielleicht nennen Sie uns noch einen weiteren Gegenstand für unseren Koffer?"-

Für *unseren* Koffer, ha, was guckt der mich denn so herausfordernd an? Meint der mich? Was fällt dem Schnösel da ein? Weiß der denn nicht, wer ich bin? Oder was ist das denn jetzt wieder für eine Nummer?

„Bitte", fordert er mich unmissverständlich auf, „versuchen Sie es doch wenigstens!"

„Ich? Wieso? Wissen Sie nicht...Ich bin doch..." was mache ich denn da für ein Gestotter? Herr Gott! Ich muss mir wieder Respekt verschaffen...innerliche Straffung! Muss unbedingt souverän wirken. Jetzt bloß nicht von den Gefühlen leiten lassen. Zur Gegenfrage ausholen:

„Wieso möchten Sie, dass ich weiter mache?"

„Nun, ich dachte, Sie wären dran", lächelt er mir unschuldig zu.

Also ein Kräftemessen will er, kaum dass er bei uns in der Abteilung aufgeschlagen ist. Ich merke, wie ich gegen meinen Willen rot werde und Schweißperlen treten mir auf die Stirn.

Ich muss souverän wirken, nicht darauf eingehen, denke ich und versuche Gleichmütigkeit auszustrahlen, lächele sogar zurück:

„Na, dann wollen wir mal den Koffer weiter bestücken...wie wäre es denn mit einer Pudelmütze für warme Ohren, die kann ich Ihnen nämlich machen!" rutscht es mir nun doch bissig heraus. Doch mein neuer Gegner lächelt noch immer und scheint darüber hinaus ganz gelassen zu bleiben. Er geht gar nicht auf meine Provokation ein.

Die schüchterne Frau mit der Puppe zu meiner Linken –ich glaube sie hieß Schütze- fängt an zu kichern.

„Eine Pudelmütze also..." wiederholt dieser Neuling grinsend. Will der mich veralbern?!! Das geht zu weit! Ich stehe auf. So nicht!

„Sich nicht einmal vorgestellt haben Sie sich an Ihrem ersten Tag...und dann gleich so ...so....so selbstherrlich auftre-ten...das...das gefällt mir gar nicht!"

Beinahe hätte ich noch mit dem Fuß gestampft. Schnaufend verlasse ich das Stuhlrund und den Gemeinschaftsraum.

*

Ich sitze über meine Akten gebeugt und kann keinen klaren Gedanken fassen, weil ich immer noch wütend bin. Sehr wütend. Ich verstehe das gar nicht. Woher kommt das bloß?

Eben kam ein junger Arzt zu mir und stellte sich als Dr. Gerber vor, ein vertrautes Gesicht, habe ihn wohl irgendwann schon einmal gesehen. Hat wohl Dienst, der Arme, viele von den neuen Dienstärzten lernt man ja gar nicht mehr richtig kennen, so schnell wie die wechseln.

Redete irgendetwas von Vertrauen und gegenseitigem Respekt, wollte wissen, ob es mir wieder besser ginge? Wieso besser? Ging es mir denn schlecht?

Sonderbar, der junge Kerl, aber sehr nett. Habe ihn ins Dienstzimmer geschickt.

18.April

Heute sei ein Anruf vom Chefarzt gekommen, so die Stationsschwester, ich war gerade nicht zu sprechen, so dass sie es entgegen genommen hat. Er wollte eine gemeinsame Unterredung mit mir und dem Neuen da, haben uns dann auch gleich alle mittags zusammengesetzt. Ich habe eigentlich mit Pfeiffer gerechnet, es kam aber ein neues Gesicht. Wirkte ganz sympathisch und vertrauenerweckend. Doch wo ist Pfeiffer bloß? Merkwürdig, es hat auch keiner was gesagt, dass er aufgehört hätte in der Zwischenzeit, als ich nicht da war...Mensch Pfeiffer, es wird doch wohl nichts passiert sein? Eine ernsthafte Erkrankung oder so? Dabei war Pfeiffer nie krank, all die vielen Jahre nicht, die wir gemeinsam durchgezogen haben. Wir haben fast zusammen hier in dieser Klinik angefangen vor...vor...ja, wie lange ist das eigentlich her? Irgendwas muss da passiert sein. Dabei war ich doch gar nicht so lange weg! Aber ich krieg das schon noch raus... Aber dieser neue Chefarzt macht wirklich einen ganz taffen Eindruck... Auf dem Namensschild konnte ich Werner lesen. Der Neue von meiner Station war auch dabei. Der Chef bat mich um die Ausarbeitung eines künftigen Stationskonzeptes für unsere Abteilung...hier sei mittlerweile mindestens zehn Jahre nichts mehr aktualisiert worden, so konstatierte er. Eile sei geboten, weil sich eine externe Prüfkommission angemeldet habe, es ginge noch einmal um eine gesonderte Zertifizierung.... „Fachabteilung Gerontopsychiatrie"....wir müssten da mit anderen Kliniken mitziehen...ist eben alles Marktwirtschaft. Aufgrund des kurzfristigen Termins würde ich von allen anderen Arbeiten freigestellt werden...der junge Kollege solle an meiner Stelle die Station alleine leiten, bis das Konzept fertig und abgesegnet ist...Ob der das überhaupt kann, der sieht ja noch sehr, sehr jung aus? Wo soll der denn die Erfahrung her haben...es wird wohl nicht ausbleiben, dass ich mich nebenher auch noch um ihn kümmern muss...qualitativ darf hier doch nichts einreißen...na, das bedeutet für mich mal wieder Überstunden zu machen...Wie soll ich das nur wieder vor Anna rechtfertigen, gerade jetzt, wo ich erst vor ein paar Tagen wieder hier angefangen habe. Ich habe ihr das regelrecht abringen müssen, wieder arbeiten zu gehen. Was habe ich sie angefleht in den letzten Wochen, was haben wir hin und her diskutiert. Wegen Anna hatte ich schließlich pausiert, um mich mehr um sie kümmern zu können und habe ihr versprechen müssen, dass es nicht erneut so wie früher einreißen würde, damals hatte sie mich phasenweise tagelang nicht ansprechen können, weil ich vor lauter Arbeit gar keinen Gedanken mehr für die Familie hatte oder auch sehr oft auch gleich über Nacht in der Klinik geblieben bin...Oh weh ...das wird sie erneut umwerfen...oh Anna...

21. April

Habe meine Bücher heute gesucht und gesucht...wollte den jungen Assistenzarzt, den Gerber mit ein wenig Fachliteratur versorgen...wo habe ich die Bücher bei diesem Zimmerwechsel bloß hin gepackt? Nichts ist da, wo ich dachte, es hingestellt zu haben...sollte das an dem ungewohnten Stress liegen? Bin ich in meinem Alter nicht mehr so belastbar?

Also, der Gerber kam nach der Visite zu mir und bat um Erklärungen zu einigen Gedächtnistests. Deshalb habe ich die Bücher ja gesucht. Ganz verunsichert und verlegen hat der Gerber gewirkt. War ihm wohl sehr unangenehm, mich um Hilfe zu bitten. Wir sind dann alle Fragen der Tests durchgegangen und am Schluss habe ich ihm sogar noch den Uhrentest aufgezeichnet, gleich mit den Fehlern, die immer so gemacht werden.

„Sieht ja aus wie beim Alzheimer.", hat er über mein Ergebnis gesagt und wir haben beide herzlich darüber gelacht. Sicher, einen kurzen Moment war ich etwas verdattert über seine Bemerkung, aber dann erkannte ich den Witz. Das Lachen hat richtig gut getan. Jetzt verstehen wir uns besser.

Später, er schien mittlerweile mehr Vertrauen zu mir gefasst zu haben, kam er wieder und wollte wissen, wie gut ich mich mit den neuen Medikamenten zur Verbesserung der Gedächtnisleistung auskenne und wie ich schließlich deren Einsatz bewerten würde...

*

Ich habe ja noch so viel zu tun. Dieses Sationskonzept...das bringt mich noch zur Verzweiflung ...muss dieses Pamphlet, in einer Woche, wenn die Kommission kommt, fertig haben. Werde heute wohl wieder nicht nach Hause kommen...das ist nun schon der wievielte Tag, an dem ich gleich in der Klinik übernachte?

Muss Anna nachher unbedingt noch anrufen, damit sie nicht wieder mit dem Essen wartet. Das tut mir immer sooo leid. Manchmal denke ich, dass ich so eine Frau nicht verdient habe…nein, habe ich nicht. Gerade in letzter Zeit ist sie immer so geduldig mit mir und erträgt alles still, bin fast nie zu Hause, nur noch die Klinik habe ich im Kopf…so wie früher…das hat sie alles schon einmal durch…ach meine liebe Anna…und ich habe es ihr doch versprochen, nicht wieder in die alten Muster zu verfallen. Ich weiß noch, wie sie mich angeschaut hat, als sie mich hergefahren hat, als ich neulich den folgenschweren Schritt machte und wieder mit dem Arbeiten hier anfing… das war so ein Blick, ein Blick, der schon vorher alles wusste mit so einer Traurigkeit darin und doch mit so viel Liebe…ganz dunkel war er gewesen, da ist es mir ganz anders geworden, so als würde ich etwas wichtiges verlieren…

Ach, wenn ich an diesen ersten Sommer denke, unseren ersten gemeinsamen Urlaub…sie war soo jung und sooo süß. Der Sommer und ihr Haar dufteten…ich werde das nie vergessen…diese Unbeschwertheit…dieses Glück….und was hatten wir dann in all den Jahren danach durchzustehen gehabt…hatten uns gerauft und wieder zusammengefunden…es gab jede Menge Leid und auch Momente, die uns beide an unsere Grenzen geführt haben…ja, die gab es gewiss…

Warum muss ich denn in letzter Zeit immer so oft an früher denken? Immer und immer kommen die alten Bilder hoch…sehe Anna mit ihrem rotbetupften Kleid und mit fliegenden Haaren herumwirbeln…was ist bloß los mit mir?... Ach Anna!...

Werde sie mal gleich anrufen. Muss ihr mal wieder was Nettes sagen... Warum wird das denn plötzlich so eng im Hals? Das tut ja richtig weh...und meine Augen brennen...

„Schwester" rufe ich „Könnte ich mal bitte Ihr Telefon benutzen, ich möchte nur meiner Frau Bescheid geben, dass ich heute wieder nicht nach Hause komme, weil ich' s einfach nicht schaffe...die viele Arbeit..."

Die Spätschwester gibt mir schmunzelnd das Tragbare. „Ausnahmsweise, Doktor!" Die ist wirklich immer nett.

Das Telefon klingelt mindestens zehnmal, bevor zu Hause jemand abnimmt. Dann höre ich Annas müde Stimme.

„Hast du gerade geschlafen?" frage ich. „Ich bin 's. Tut mir leid. Sitze hier noch fest, werde wahrscheinlich wieder gleich hier schlafen. Mach dir keine Sorgen. Nächste Woche, das verspreche ich, wird alles anders...ich lasse mir auch was besonders schönes einfallen...Was sagst Du? Nein, mir geht es gut. Wieso fragst auch du? Was sollte gewesen sein? Mach dir bitte keine Sorgen...alles bestens. Ich bin bloß müde...Was? ...Ja, ich dich auch, mach's gut!"

Traurig gebe ich das Telefon zurück. Die Schwester berührt mich kurz an der Schulter. Das wirkt tröstlich. Dankbar sehe ich sie an. Ich mag diese Momente wortlosen Verständnisses, wenn man sich schon ewig kennt. Jetzt schiebt sie mir ebenso wortlos ein Schälchen mit einer Tablette darin herüber. Fragend blicke ich sie an:

„Wem soll ich denn die hier noch unterjubeln?" scherze ich.

„Die ist für Sie diesmal. Doktor. Geht auf Kosten des Hauses. Ich denke, die tut Ihnen jetzt gut..."

„Sieht man mir die Kopfschmerzen denn schon an?"

Sie nickt verlegen.

„Sie wollen doch noch arbeiten, da dachte ich", murmelt sie und schaut nun irgendwie betreten nach unten. „Da dachte ich, sie könnten einen klaren Kopf gebrauchen..."

Dankbarkeit erfüllt mich...diese Diskretion der Fürsorge...ich bin schon wieder gerührt und wende mich schnell mit dem Schälchen in der Hand ab, als ich merke, dass meine Augen feucht werden.

27. April

Ich brauche ein abschließbares Zimmer...unbedingt...das ist doch kein Zustand mehr! Hier kann doch jeder rein, der will!

Heute hat schon wieder jemand in meinen Papieren gewühlt, ein paar Seiten scheinen ganz weg zu sein...habe schon überall gesucht. Und das bei diesem Termindruck...Habe wegen des Stationskonzeptes noch einmal um Aufschub gebeten...jetzt hatte ich alles wieder umgeschrieben, glaubte endlich fertig zu sein....und dann das! Warum habe ich es nur liegen lassen? Längst sollte ein Knauf außen an der Tür ange-

bracht werden, ich kann ja schließlich nicht immer daran denken abzuschließen!

Aber das Konzept ist großartig...ich glaube, ich habe mich
selbst übertroffen- das ist mal was ganz neues im Gerontopsychiatrie Bereich...ein paar kleine bauliche Veränderungen
hie und da, ein paar neue Anschaffungen, eine verbesserte
Verzahnung der Therapien....und viel Licht, Platz zum Laufen,
immer anders gestaltete Ruhe- und Rückzugsnischen, aber
überall Anregungen für alle Sinne und die verschiedensten
Beschäftigungsangebote, die sich an frühere Tätigkeiten und
Berufe anlehnen...und nicht dieses ewige Mandala ausmalen
und Körbe flechten...viel Musik und Bewegung soll es geben,
auch Haustiere....

Ja, ich habe es endlich geschafft. Auf Station hatte man mich
extra dafür freigestellt. Keine Visiten, keine Zugänge mehr
aufnehmen...

Sicherlich auf meinen fachlichen Rat musste der junge Kollege nicht verzichten...dafür muss einfach Zeit sein. Meine
Energiespeicher sind nun aber trotzdem leer. Brauche mal
eine Pause, ein paar Tage Urlaub.... Ja Urlaub! Wann war ich
eigentlich das letzte Mal richtig zu Hause? Kann mich gar
nicht mehr erinnern. Die wenigen Stunden, die da zusammen-
kommen, habe ich ja doch nur an die Arbeit gedacht und allen
daheim die Stimmung damit verdorben. Zwei Wochen Urlaub

sollten reichen...muss ja nur mal auftanken und für meine Lieben da sein....

Die Kommission will ich noch abwarten, sie *muss* das Konzept einfach annehmen, so wie es ist. Ich habe einfach keine Kraft mehr, noch etwas umzuändern nach den unendlich vielen schlaflosen Nächten....Ich bin solo müde, so unendlich müde...

Habe in der letzten Zeit auch viel zu viele Tabletten geschluckt...

3. Mai

Heute war es soweit. Endlich! Ich habe allen mein Konzept vorgestellt. Zunächst nur innerhalb der Abteilung. Der Chefarzt, dann noch unser junger Arzt und zwei weitere Kollegen, die ich aber noch nicht kannte (so viele Neue! Was ist das nur für eine Fluktuation!) und dann noch einige Schwestern, auch die Nette. Merkwürdig, ich war richtig aufgeregt, vor ihnen zu sprechen...dabei habe ich doch schon so viele Vorträge gehalten. Vielleicht war es, weil mir das Stationskonzept so am Herzen liegt, weil ich möchte, dass es allen gefällt.

Ganz erwartungsvoll schauten sie zu mir herüber...ich wurde dadurch so nervös, dass mir die Hände zitterten- die zittern sowieso in letzter Zeit immer öfter, vor allem die rechte. Alle meine Zettel raschelten...wie sollte ich denn da was lesen können. Aber ich habe ja eigentlich alles im Kopf. Nur, wo sollte ich anfangen?

„Ich bin sehr froh, dass dieses Stück Arbeit geschafft ist",
begann ich. „Es war mehr...mehr...ehm...umfangreicher als ich
ursprünglich erwartet hatte. Und es hat mir fast den Verstand
geraubt. Ich ...ich möchte Sie nun nicht länger, nicht länger -
wie sagt man doch gleich?- möchte Sie nicht länger auf die,
die Dingsda, auf die Folter spannen."

Was ist bloß los mit mir, was stottere ich hier so rum?

Aber Gott sei Dank schien keiner ungeduldig zu werden. Der
Chef nickte mir aufmunternd zu, er hatte es ja auch schon
vorher gelesen.

„Ich fange am besten mit den baulichen Veränderungen an,
die ich mir wünschen würde", startete ich erneut. „Es wäre
schön, wenn man die drei Stationen zwar
als...ehm...ehm...eigenständige Dings...ehm...Einheiten belässt,
aber sie dennoch baulich verbinden würde, so dass ein großes
Karre entsteht für die Patienten mit starkem Be-
weg...bewegungsdrang. Die können das dann sozusagen als
...als...ehm...Rennstrecke nutzen, sich die Unruhe quasi ablau-
fen. Natürlich sollten die einzelnen Stationen je nach Bedarf
auch wieder trennbar, also verschließbar sein. Nur müssten
die Türen und Gänge so gestaltet sein, dass sie nicht wie im
Krankenhaus wirken und...und jeder Abschnitt müsste anders
aussehen, wohnlicher, wie zu Hause, mit vielen Sitzecken mit
Häkeldeckchen, Stehlampen und so und außerdem sollte es
auch Nischen geben, wo es was zu entdecken und zu pfrie-

meln gibt...naja...jedenfalls mit vie-
len...vielen...ehm...Anregungen...Und viel Musik, Bewegung zur
Musik soll es geben, ich, ich ehm, ich beziehe mich da auf die
letzten...ehm...ehm Studienergebnisse, wonach...ehm eindeu-
tig erwiesen wurde, dass Musik und Bewegung ehm... geistige
Fähigkeiten und depressive Verstimmungen verbessern können."

Ab dann lief es besser. Ich hatte mich eingeredet und meine
Aufregung ging zurück. Bei den Therapiekonzepten kam ich
richtig in Fahrt, da fiel mir noch mehr ein als ich vorher aufge-
schrieben hatte.

Schon zwischendurch stellten sie Fragen, das hat mich dann
jedes Mal doch ganz schön vom Wege abgebracht...wie man
so schön sagt...musste mich ziemlich konzentrieren und am
Ende war ich richtig erschöpft und müde. Aber mein Konzept
schien angekommen, trotz einiger Bedenken, die geäußert
wurden. Die Reaktionen waren insgesamt wohlwollend und
zustimmend. Einige hatten noch weitere Ideen und sie disku-
tierten noch ein wenig hin und her. Ich hielt mich zurück,
hörte auch gar nicht mehr so genau zu, sehnte mich eigentlich
nur noch nach Ruhe. Das erschien mir zwar merkwürdig, aber
der Ruhewunsch war stärker als die Verwunderung darüber.
Ich werde wohl älter....aber so zufrieden wie heute war ich
schon lange nicht mehr! Die Kommission kann kommen!

Sehr nett, das fand ich sehr nett. Heute kam mich der Chef wieder besuchen, kam einfach so mal vorbei zu mir ins Zimmer. Der junge Arzt war auch dabei. Das machen sie jetzt öfter. Klopfen an, schauen dann rein und wollen sich einfach mal so mit mir unterhalten. Der Chef fragte sogar nach meinem Befinden und zeigte richtiges Interesse, das hat er früher nie getan! Ich dachte heute erst, es ginge darum, ein neues Projekt zu besprechen, aber sie fragten nur so allgemein dies und das und zeigten mir dann einen interessanten Artikel aus so einem Journal. Sie hätten den gut gefunden und ob ich ihn schon kenne. „Wir sollten da mal drüber diskutieren", meinte der Chef im Weggehen. „Ich lasse Ihnen den Artikel gerne da, wenn Sie möchten. Mich würde mal interessieren, was Sie davon halten."

„Demenz oder doch nur Altersvergesslichkeit?" so der Titel. Nein, den Artikel hatte ich noch nicht gelesen. Schien ja richtig viel zu sein, ein ganzer Stoß Seiten! Neugierig blätterte ich darin herum und schaute mir erst einmal die Bilder an. Die Bilder sind ja sowieso das Beste an jedem Text...hahaha.

Auf einem Foto entdeckte ich dann diesen ehemaligen amerikanischen Präsidenten, wie hieß der doch gleich? Regierte im letzten Jahrhundert...kalter Krieg...atomare Aufrüstung und so? Ach ja! Da steht es ja auch: Reagen, Ronald Reagen. Und die da, die kenne ich doch auch...ach die! Die hatte auch Alzheimer...

Ich blättere weiter und entdecke noch mehr bekannte Gesichter aus Politik und Film. Zuletzt kommen die statistischen Grafiken...die Demenz mit dem dicksten Balken im Diagramm, der Spitzenreiter unter den typischen Alterskrankheiten. Alles nichts Neues...das haben wir doch schon lange gewusst...es gibt ja auch nur noch Alte... sind ja selber schuld!

Netter Artikel, aber zum Lesen habe ich jetzt keine Lust. Werde mich mal auf Station blicken lassen und schauen, ob es was für mich zu tun gibt.

Ich biege gerade um die Ecke, da schrecke ich auch schon wieder zurück...bleibe wie zur Salzsäule erstarrt stehen. Glaube nicht, was ich da gerade sehe!

Anna! Meine Frau! Will sie mich hier besuchen? Auf der Arbeit? Doch wo geht sie hin? Sie klopft an das Zimmer von unserem jungen Arzt...weiß sie denn nicht, dass ich meins hier hinten habe? Schon will ich auf sie zulaufen und ihr zurufen, da öffnet der Chefarzt (?!) ihr die Tür und bittet sie herein. Sonderbar! Aber sie wird ja sicherlich ihren Irrtum gleich bemerken und zu mir ins Zimmer gebracht werden. Vielleicht sollte ich einfach nach vorn und ihr somit entgegen gehen?

Doch sie kommt nicht wieder heraus, jetzt bin ich schon an der Tür, habe den langen Gang im Eiltempo zurückgelegt...Warum dauert das so lange? Die üblichen Höflichkeitsfloskeln und Smalltalk - das geht doch schneller! Soll ich etwa lauschen? Da komme ich mir aber blöd vor! Unentschlossen laufe ich vor der Tür auf und ab.

Da schießt mir ein schrecklicher Gedanke ins Hirn! Nein, das glaube ich nicht! Sollte sie gar nicht zu mir gewollt haben? War sie mit dem Chefarzt verabredet? Treffen die sich hier heimlich? Und das auf meiner Station! Sozusagen vor meinen Augen! Das ist ja absurd! Grotesk!

Ich fange am ganzen Körper an zu zittern, merke, wie es mir eiskalt den Rücken herunter läuft und die Luft knapp wird.

Was wird hier gespielt? Anna hat mich ja wirklich in letzter Zeit kaum zu Gesicht bekommen, habe ja die Nächte hier durchgemacht, gearbeitet und gearbeitet um diese Stations-konzept fertig zu bekommen. Und ich hatte so ein schlechtes Gewissen! Dabei trifft sie sich hier...mit...mit...mit *meinem Chef!*

Sicher, sie war viel allein. Aber so etwas, das kann nicht sein! Mit meinem Chef! Wer weiß, wie oft die das schon gemacht haben! Und ich bin so in die Arbeit vertieft und bekomme nichts mit von alledem...ich Narr! Wie konnte ich so blind sein! Jetzt fällt es mir wie Schuppen von den Augen...

Ich spüre meine Knie weich werden, muss mich setzten...Was, wenn das mit dem Stationskonzept ein abgekartetes Spiel war...um, um mich abzulenken!? Wie oft haben sie sich hier bloß schon getroffen?

Da höre ich plötzlich einige Wortfetzen aus dem Raum hinter der Tür, durch die Anna verschwand:

„Ja, ich bin auch dafür, dass er den Urlaub bekommt. Das wird ihm gut tun", dringt die Stimme des Chefarztes zu mir. Ich schleiche mich näher heran.

„Er ist zwar jetzt noch nicht so lange da, aber er hat schon eine sehr anstrengende Zeit hinter sich. Ja, normalerweise geben wir nicht so schnell Urlaub, aber er war wirklich sehr tüchtig...und außerdem ist er ja nun auch nicht mehr der Jüngste...ja, ich kann das verantworten. Sagen wir 14 Tage...das sollte reichen. Unternehmen Sie gemeinsam irgendetwas sehr Schönes...nutzen Sie die Zeit..."

Die Stimmen sind schon ganz dicht an der Tür, beide müssen sich wohl gerade anschicken, das Zimmer zu verlassen! Ich springe (so gut man das eben in meinem Alter noch kann) zurück und verschwinde zwei Türen weiter vorne auf der Männertoilette.

Puh, war das knapp! Das wäre beinahe sehr peinlich geworden. Nur langsam beruhige ich mich wieder, fahre den Kessel wieder runter.

Es ging also um meinen Urlaub...Ich alter eifersüchtiger Esel!!! Was ist nur mit mir los?

„Sagen sie mal, Schwester, mal ganz unter uns, ist Ihnen das auch schon aufgefallen?", beginne ich vorsichtig. Es ist wieder die ausgesprochen Nette, sonst hätte ich mich nicht gewagt, sie anzusprechen, weil mir das Thema doch sehr unangenehm ist und manchmal irrt man sich ja auch in seiner Wahrnehmung. Doch es brennt mir regelrecht unter den Nägeln...ich merke, wie meine innere Anspannung immer mehr zunimmt...ich muss mich endlich mal jemanden mitteilen, mir Luft machen, eine zweite Meinung hören. Schnell schließe ich die Zimmertür hinter mir, so unangenehm ist mir die Sache.

„Schon seit längerer Zeit beobachte ich das nun. Ich glaube, da geht was nicht mit rechten Dingen zu..."

„Was ist mit Ihnen, was haben Sie?", fragt die Schwester mit Sorgenfalten. „Sie wirken ja ganz aufgebracht? Ist etwas passiert?"

„Das kann man wohl sagen.", flüstere ich nun und blicke mich zur Sicherheit noch einmal um. „Es kommt immer was weg...erst fehlten nur Sachen aus meinem Schrank, aus meinem Zimmer, mal ein Buch, neulich ein Bild...erst habe ich dem keine große Bedeutung beigemessen, dachte, ich sei nur schusselig...aber mittlerweile sehe ich auch Sachen von der Station verschwinden, da stand doch immer dieser silberne

Kerzenleuchter hinten auf dem Tisch...den, den haben *sie* auch mitgenommen..."

„*Sie*? Wen meinen Sie, Doktor? Das klingt ja unheimlich. Denken Sie, dass jemand klaut?"

„Ich bin mir ziemlich sicher, gesehen zu haben, dass die Handwerker, die sich jetzt immer im hinteren Flur zu schaffen machen, von Zeit zu Zeit, wenn sie sich unbeobachtet fühlten..."

„Handwerker? Sind sie sicher? Nein, mir ist bis jetzt nichts Verdächtiges aufgefallen. Ich werde mich mal umhören, ob noch jemand was mitbekommen hat. Ich hatte ja jetzt immer nur Spätdienst, kann gut sein, dass ich deshalb ...Mein Gott, Sie sehen ja ganz weiß im Gesicht aus, Doktor! Das nimmt Sie aber mit! Soll ich mal den Blutdruck messen? Sie gefallen mir im Moment gar nicht!....Ich verspreche, dass ich mich kümmern werde. Das muss sich doch klären lassen!"

Mir ist wirklich ziemlich flau, was ist nur mit mir?

„Also, der Blutdruck geht, aber Ihr Puls ist ziemlich hoch...120...soll ich sicherheitshalber noch mal den Zucker messen? Ja? ...Mache ich sofort...warten Sie...gleich haben wir's...nee, der ist auch in Ordnung...ich rufe mal Dr. Gerber dazu...keine Sorge, das kommt wieder in Ordnung. Haben Sie sich wegen der Sache jetzt so aufgeregt? - Nein, bleiben Sie bitte sitzen!....Ich habe Angst dass sie sonst hier gleich neben meinem Schreibtisch liegen...tut irgendetwas weh?"

„Das nicht, aber...ich..." versuche ich noch zu sagen, dann merke ich, wie mir der Schweiß ausbricht und ich überall zu zittern anfange. Mein Herz jagt...

„Gott sei Dank! Dr. Gerber!", höre ich die Schwester in Richtung der sich öffnenden Tür sagen. „Unserem Doktor geht es gar nicht gut. Sehen Sie, er hyperventiliert ja schon! Und sein Puls ist sonstwo...120 war er gerade eben vor einer Minute schon...! Blutdruck und Zucker sind aber ok."

„Hallo, Dr. Koeberlein, was machen sie für Sachen?", brüllt unser Assistenzarzt dicht neben meinem Ohr.

„Schwester Hanna, helfen Sie mir mal, wir müssen ihn unbedingt dort auf die Liege bekommen. Doktor, denken Sie, sie schaffen es mit unserer Hilfe da rüber? ...Ja? Gut! Gleich geschafft...So Doktor...Hanna, wir schreiben sofort ein EKG. Keine Widerrede, Doktor...nein, das muss Ihnen nicht peinlich sein, wirklich nicht...das kann doch jedem mal ....da steckt man nicht drin...außerdem, sie sind ja nun auch nicht mehr ganz der Jüngste...", lächelt er mich an, während er das Gerät startet. Dann sagt er noch irgendetwas zu Schwester Hanna, was ich aber nicht höre, weil mein Herz so laut schlägt. Nickend schaut Gerber auf den EKG-Ausdruck und nimmt von der Schwester eine Spritze entgegen...

„Keine Angst, das haben wir gleich wieder. Ihr Herz wird nicht weiter davongaloppieren!", versucht er mich zu beruhigen.

Dann legt er die Schlauchbinde an und ich spüre die kühle Flüssigkeit in meinem Arm …

Ich denke, sie werden das Richtige tun….

*

Ich habe geschlafen…

Wie spät ist es?…Wie lange habe ich geschlafen?... Wo bin ich hier?

Mein Blick ist irgendwie getrübt…alles ist verschwommen. Ich hebe den Kopf, schon wird mir schwindlig. Ich taste um mich …scheine in einem Bett zu liegen.

Warum liege ich im Bett? Bin ich krank? Sofort will ich aufstehen, da meldet sich der Schwindel wieder und ich sinke ins Kissen zurück. Jetzt sehe ich aber besser, erkenne einen Schrank und ein Fenster auf der anderen Seite. Licht flutet herein und blendet mich, also schließe ich die Augen wieder und genieße die Wärme und Helligkeit in meinem Gesicht. Ich merke, wie neue Energie in meinen Körper fließt. Meine Augenlider flimmern rot…ich werde durchsonnt und fühle mich sehr wohlig. Ich schwebe…bin ganz leicht…

*

Ein Poltern weckt mich…ich zucke zusammen…da, ein schlurfendes Geräusch! Was ist das?

Es ist jetzt ganz in meiner Nähe...ich konzentriere meinen Blick in die Dunkelheit, versuche etwas zu erkennen. Dann entdecke ich sie...drei schwarze Gestalten mit langen Umhängen...da, wo die Gesichter sein müssten, gähnt dunkle Düsternis...das Grauen ohne Antlitz...ich erstarre zu Eis...schaffe es aber noch, mir die Bettdecke übers Gesicht zu ziehen...will mich unsichtbar machen...halte die Luft an. Dann höre ich sie...tapp tapp tapp und wieder ein Schlurfen.

Mein Herz schlägt bis zum Halse...das Atmen wird mir unter der Decke immer schwerer.

Der Schweiß bricht mir aus...ich ersticke...ich brauche Luft...tapp tapp tapp schlurf...ganz dicht neben mir...mein Herz schlägt hart gegen den Brustkorb und meine Lungen brennen, aber ich bleibe unter der Decke und liege ganz still. Kein Geräusch mehr! Sie wissen, dass ich da bin...warten nur zuzuschlagen...ich merke, dass sich ihre Blicke durch meine Decke bohren, spüre die sengenden Strahlen...ja Strahlen, Röntgenstrahlen...sie haben mich durchleuchtet! Was geschieht hier? Was wollen die? Hilfe!...Bumm bumm bumm...mein Herz trommelt bis in die Schläfen, mein Brustkorb zerspringt! Hilfe! Jetzt drücken sie mich nieder ...so ein Gewicht...ich kann nicht mehr atmen...Hiiiilfee! Hiiiiilfeee!...

Plötzlich kommt Licht...die Schatten zerfließen...jemand rettet mich...eine helle Gestalt...ein Engel! Der Engel kommt mir vertraut vor...nun steht er vor mir und streicht mir beruhigend übers Gesicht...die Hände kenne ich...das muss Anna sein, denke ich und merke, wie ich sofort ruhig werde und wieder in den Schlaf hinüber gleite...

16. Mai

„Ich habe vielleicht ein verrücktes Zeug in der Nacht geträumt.", berichte ich allen am nächsten Morgen im Dienstzimmer. „Das war so echt, so real. Ich hatte geglaubt, mein letztes Stündlein hat geschlagen...zwar kann ich mich nicht mehr an Einzelheiten erinnern, aber es war der reinste Horror."

„Das kenne ich.", sagt ein junger Pfleger. „In meinen Alpträumen werde ich immer von schrecklichen Riesenvögeln verfolgt." Alle lachen herzlich.

Dann kommt mein junger Kollege und schwenkt lächelnd ein Stück Papier.

„Hat mir der Chef gerade in die Hand gedrückt.", ruft er mir zu. „Ihr Urlaubszettel, Dr. Köberlein, soeben unterschrieben. Sie haben es sich verdient. Zwei Wochen Urlaub, da könnte ich glatt ein bisschen neidisch werden, jetzt, wo das Wetter so schön werden soll. Was haben Sie denn vor? Fahren Sie weg oder geht es in den Garten?"

Ich bin verblüfft, so schnell hatte ich nicht mit der Genehmigung gerechnet.

„Mal seh'n", antworte ich. „Das sollte meine Frau entscheiden...ich denke mal, naja, im Garten wird schon einiges zu tun sein."

„Die anderen Papiere gibt Ihnen dann noch Hanna.", sagt er schon fast im Herausgehen. „Ich wünsche Ihnen eine schöne Zeit..." Und schon ist er davongeeilt. Etwas unschlüssig bleibe ich in der Tür stehen. Das klingt ja so, als könnte ich sofort nach Hause...

„Ja gehen sie ruhig schon mal vor.", nickt mir die Schwester zu. „Ihre Frau wollte in zehn Minuten da sein!"

„In zehn Minuten schon?! Woher wusste sie? Das geht aber alles schnell..."

„Ja, Zufall. Sie rief vorhin gerade an und wollte Sie sprechen. Da waren Sie aber gerade in der Visite. Da habe ich es ihr gleich gesagt mit dem Urlaub. Das ist doch nicht schlimm?"

„Nein, natürlich nicht...aber wieso...wieso soll ich denn mitten in der Arbeit, mitten in der Arbeit aufhören? Das, das verstehe ich nicht. Wieso denn so plötzlich?"

Die Schwester zuckt mit den Schultern. „Freuen Sie sich doch..."

Natürlich freue ich mich...und wie! Aber seltsam ist das alles schon irgendwie.

Weil sich die Schwester schon wieder über ihre Akten gebeugt hat und es für mich allem Anschein nach wirklich nichts mehr zu tun gibt, trolle ich mich, um noch etwas einzupacken...

Als ich auf dem Rückweg wieder an der Dienstzimmertür vorbeikomme, höre ich gerade, wie die Schwester dem Praktikanten erklärt, was Halluzinationen sind.

„Die können tagsüber und auch nachts auftreten. Nachts werden sie häufig wie lebhafte Alpträume beschrieben. Halluzinationen, das sind Wahrnehmungen, die nicht real sind, sich also nur im Hirn der Kranken abspielen, denjenigen selbst aber wie die Wirklichkeit vorkommen. Die sehen dann manchmal Gestalten, hören Stimmen und Geräusche - so wie vorhin im Bericht des Patienten - oder sie haben die Empfindung, als würden ihnen kleine Tiere oder sonst was über die Haut laufen...“

Der Praktikant gibt daraufhin nur ein „Grrr- ääh-widerlich“ von sich und ich muss schmunzeln...

Gleich kommt Anna!

ANNA

Jetzt sitze ich hier vor dem jungen Doktor, der mich gerade freundlich aufgefordert hat, die ganze Geschichte einmal in Ruhe zu erzählen...von Anfang an. Genau in diesem Augenblick bekomme ich kein Wort mehr heraus. Ein dicker Kloß sitzt mir im Hals.

„Wo soll ich da bloß anfangen? Das geht doch schon so ewig...so viel Zeit können Sie doch gar nicht haben!", resigniert knete ich die Henkel meiner Handtasche. Er schaut mich immer noch aufmunternd und offenbar wirklich interessiert an.

„Wissen Sie, im Moment bin ich ziemlich am Ende, ich weiß nicht, wie es weitergehen soll. Das tut mir alles so leid. Und es tut mir so weh, ihn hier abzugeben. Ich fühle mich so mies, so hinterhältig...Wo er doch dachte, ich fahre ihn zur Arbeit. Sie ahnen gar nicht, wie schwer es war, ihn davon abzuhalten, selbst mit dem Auto herzufahren...er ist ja in letzter Zeit so stur...ich musste ihn anschwindeln, habe ihm gesagt, sein Auto wäre kaputt und ich müsste deshalb ein Taxi rufen. Schon seit Wochen will er wieder zur Arbeit, zum Dienst und das zu jeder Tages- und Nachtzeit. Sie ahnen gar nicht, was wir schon durch haben! Immer wieder habe ich unseren Sohn anrufen und um Hilfe bitten müssen. Mein Mann ist ja dann

auch immer so leicht aufbrausend...ich hatte einfach auch Angst. Vorgestern war es am schlimmsten...wie er mich fest-gehalten hat! Sehen Sie hier die blauen Flecken am Oberarm?

Ich dachte, er haut jeden Moment.

Das hätte ich mal nie gedacht, dass ich mal Angst haben müsste vor meinem Mann!", bekomme ich gerade noch her-aus, dann verschwimmt alles vor meinen Augen.

„Entschuldigen Sie, hätten Sie mal ein Taschen-tuch?"...schniefe ich, dann geht auch das Sprechen nicht mehr. Ein Schluchzen übermannt mich. Der junge Arzt setzt sich neben mich und legt mir die Hand auf die Schulter.

„Das alles zu ertragen, muss wohl sehr schwer sein. Ich glau-be, ich kann nur erahnen, was Sie in letzter Zeit alles durch-machen mussten...Bitte erzählen Sie weiter!"

„Werden Sie ihm denn helfen können? Kann man da heute schon etwas machen, ich meine, wenn es Alzheimer ist, kann man es wenigstens aufhalten?"

Der Doktor schüttelt traurig den Kopf.

„Nun, ich will ehrlich sein...Nicht viel...nicht wirklich. Es gibt da zwar ein paar Medikamente, die es verlangsamen sollen...rein statistisch gesehen geht es da um ein ¾ Jahr, aber wer weiß denn im Einzelfall, wie schnell es ohne die Tabletten gegangen wäre..."

„Aber warum denken Sie, dass es Alzheimer ist?

Wissen Sie, dass ist ja das Paradoxe, er hat sich viele Jahre lang mit dieser Erkrankung beschäftigt, hat mir auch alles immer erzählt. Auf genauso einer Station wie dieser hier hat er gearbeitet. All die Jahre hatte er es immer vor Augen... berichtete mir von den familiären Tragödien, den Veränderungen in der Persönlichkeit, dem geistigen Verfall, dem Abschied auf Raten...Das alles kenne ich aus seinen Erzählungen...und doch habe ich es erst vor zwei Tagen begreifen wollen...Nicht er! Ich dachte irgendwie immer, wenn man dauerhaft mit Dementen arbeitet, wird man immun...

So gemein kann das Schicksal doch gar nicht sein!

Eigentlich muss es schon vor einem Jahr begonnen haben...ich habe ja jetzt viel nachgedacht und Rückschau gehalten...

Wir waren in Österreich zum Wandern, da ist er wie schon so oft in unseren Urlauben am späten Nachmittag noch einmal alleine losgezogen...ich habe mir zunächst nichts dabei gedacht, als er noch nach Stunden nicht wieder zurück kam...

Wir haben ihn dann gegen Mitternacht vor dem Nachbargrundstück zusammengekauert gefunden. Er hatte einfach nicht mehr weiter gewusst und war hilflos wie ein kleines Kind. Da habe ich zum ersten Mal diesen Blick wahrgenommen, diese kindliche Ratlosigkeit...er hatte sich sooo an mich geklammert...

Ja, damals habe ich irgendwie gedacht, das müsse mit seinem seelischen Zustand zusammenhängen, er war ja schon längere Zeit so zurückgezogen, wollte niemanden mehr sehen und hatte an nichts mehr so richtig Interesse. Ich weiß gar nicht mehr, wie ich es überhaupt geschafft hatte, ihn für diesen Urlaub zu gewinnen...ich hatte aber gedacht, er müsse einfach nur mal raus aus den vier Wänden, ein Ortswechsel würde schon alles wieder gutmachen...

Ja, und danach...wurde es auch nicht besser. Anfangs habe ich noch versucht mit ihm zu reden, habe gedacht mit uns stimme etwas nicht, mit unserer Beziehung, habe gedacht, er sei unglücklich mit mir...aber da kam nichts, keine Reaktion. Ich gebe zu, ich habe das falsch gedeutet und habe mich dann selbst vor ihm zurückgezogen, habe gedacht Du alter Griesgram...sei Du nur gnatzig! Ich wollte noch was vom Leben haben...habe weiter Besuch empfangen und mich mit meinen alten Damen verabredet...

Ja, bei den Gesprächen beteiligte er sich kaum noch...fragte aber häufiger Dinge, die längst klar waren, nach...schien auch nicht immer alles zu verfolgen...er war irgendwie abwesend und nicht präsent.

Ja, die Vergesslichkeit fiel schon auf, aber wir sind beide älter geworden. Ich habe einfach geglaubt, das kann doch auch normal sein...auch ich schreibe mir mehr auf als früher und suche manchmal länger nach einem Namen oder bin mir nicht sicher, wo ich die Brille schon wieder hingetan habe...

Ja, es ist schon merkwürdig, dass er als Arzt diese Veränderungen an sich überhaupt nicht wahrgenommen hat, nicht merkte, dass ihm unter anderem die Lebensfreude abhandengekommen war...ich weiß nicht...vielleicht ist man ja für sich selbst irgendwie betriebsblind, ja... und außerdem und außerdem glaube ich, war er schon immer einer, der gut verdrängen, Unangenehmes in die Ecke schieben konnte...

Und dann, vor zwei Wochen hat sich alles plötzlich verändert. Er erwachte aus seiner Lethargie und wurde agiler. Wollte ständig raus spazieren gehen, hatte einfach kein Sitzfleisch mehr...Früh um fünf begann er schon zu poltern, hatte den Tisch gedeckt und wollte sonntags zum Einkaufen! Tage später war er dann auf einmal der Meinung, zum Dienst zu müssen, suchte überall nach seiner Arzttasche und den Autoschlüsseln. Alles wurde durchwühlt. Sie ahnen gar nicht, welche Beschuldigungen da gefallen sind...ich hätte seine Sachen versteckt, um ihn nicht wegzulassen, ihn am Arbeiten zu hindern...

Ich weiß gar nicht, woher er so viele Schimpfwörter kennt..."

12. April

Jetzt ist Johannes nun schon knapp eine Woche im Krankenhaus. Ich glaube, er ist ganz zufrieden. Der junge Arzt erzählte mir heute, dass Johannes noch immer der Meinung sei, hier selbst als Arzt zu arbeiten. Und das klingt schon fast wieder lustig. Heute Vormittag hat er sogar die Patientengruppe geleitet und moderiert. Der Stationsarzt meinte sogar, dabei sei er so gut in Form gewesen, dass er selbst das Gefühl hatte, mit einem Kollegen zusammenzuarbeiten...Mein Gott, das ist er doch noch auch irgendwo...Er ist doch trotzdem noch immer Arzt, nur eben ein wenig dementer, aber das Eigentliche, das funktioniert doch noch! Dass ich ihn zurückgebracht habe, in die Klinik, hat in etwa das bewirkt, was ein Fisch erleben würde, den man nach versuchtem Landgang wieder zurück ins Wasser setzt.

Trotzdem komme ich mir vor wie eine Betrügerin.

Ich hoffe nur, er selber bemerkt nicht so schnell seinen Irrtum...

17. April

Der Stationsarzt und sogar der Chefarzt baten mich heute, als ich zu Besuch war, um eine Unterredung. Sie hätten sich alle gemeinsam im Team beraten; wie sie weiter mit ihm umgehen sollten...Ob man ihn mit der Diagnose Demenz, denn die ersten Untersuchungsergebnisse bestätigen den Verdacht, konfrontieren oder, ob man ihn in seinem Glauben, soweit es ihnen hier möglich ist, belassen sollen...Bisher laufe es so ganz gut, oft habe er noch recht gute Ideen und mit den anderen Patienten pflege er einen ausgesprochen mitfühlenden Umgang...habe auf diese Art und Weise schon so manchen Kon-

flikt geglättet...tröste und beruhige, wenn es erforderlich ist,
könne aber auch gut motivieren. Manchmal führe er sogar
noch richtige therapeutische Gespräche und erkläre sehr ein-
fühlsam schwierige Krankheitssymptome. Da er jetzt jedoch
angefangen habe, sich bei den Visiten mit herein zu hängen,
hätten sie sich etwas überlegt...so eine größere Aufgabe, die
ihn ablenken und eine Weile beschäftigen solle, so dass er
selbst das Gefühl habe, gebraucht zu werden, ohne sich ge-
demütigt zu fühlen, weil er von den Visiten ferngehalten wird.

Der Chefarzt wirkte sichtlich verlegen und meinte, er fühle
sich ihm gegenüber wirklich beklommen, weil er ihn noch von
früher kenne. So eine Situation, einen ehemaligen Kollegen
mit einer Demenz zu behandeln, sei auch für ihn völlig
neu...Deshalb hätten sie sich zu diesem doch unüblichen
Vorgehen entschlossen. Er wollte aber vorher von mir wissen,
ob ich da mitgehen könnte und er wollte wissen, ob ich sagen
könnte, wie er in so einer Situation entschieden hätte.

Was denn das für eine Aufgabe sei, die sie ihm zu stellen
beabsichtigen, wollte ich wissen. Der Chefarzt und der junge
Doktor schauten sich schmunzelnd an.

„Nun ja, wir sind auf diese Idee gekommen, weil wir tatsäch-
lich gerade selbst daran arbeiten...Wir entwickeln im Rahmen
einer Zertifizierung für den Fachbereich Gerontopsychiatrie ein
neues Konzept.", begann der Chefarzt seine Erklärungen.
„Und da dachten wir, nun ja, wir dachten, wir könnten doch

mal sehen, wie er sich an so einen Auftrag, ein neues Stationskonzept auszuarbeiten, heranmacht. Vielleicht aktivieren wir damit noch mehr Reserven und Potential als die ersten Tests, die wir mit ihm gemacht haben, vermuten lassen. Ich bin da selbst echt neugierig...und mal sehen, möglicherweise hat er ja noch ganz kreative Ideen, Ideen, für die wir selbst vielleicht schon betriebsblind sind..."

Ich glaube, Johannes ist hier wirklich in guten Händen.

Es ist fast wieder so wie früher, Johannes hat Feuer gefangen, er schreibt und schreibt. Begrüßt mich jetzt auch immer gutgelaunt. Mit dieser Aufgabe haben sie ihm wirklich etwas Gutes getan. Johannes blüht richtig auf und das, was er mir von seinem Konzept verrät, klingt gar nicht so abwegig...Ich freue mich. Wenn ich ihn so erlebe, glaube ich manchmal wirklich, die letzten Wochen und Monate waren nur ein Irrtum...

Aber heute hat mir Dr. Gerber, der junge Stationsarzt, seine Tests gezeigt, die er noch einmal mit Johannes durchgeführt hat...

und mein ganzes Kartenhaus ist wieder zusammengestürzt...

Hoffentlich helfen die neuen Tabletten...

*

Heute Nacht gegen ein Uhr hat mich Johannes mit einem Anruf geweckt, um sich zu entschuldigen, dass er wieder nicht nach Hause kommen könne und gleich in der Klinik übernachten wolle. Ich solle nicht mit dem Essen auf ihn warten. Die Arbeit würde ihn auffressen...

Ich habe den Rest der Nacht in mein Kissen geweint.

03. Mai

Er hat es geschafft! Die ganze Zeit ist er dran geblieben, hat den Faden nicht wieder verloren. Ich bin sehr positiv überrascht. Heute war sein großer Tag. Das ganze Team, Schwestern und Ärzte haben ihm zugehört, als er sein Konzept vorstellte. Ich glaube, auch sie waren verblüfft. Er soll sich richtig klar und geordnet ausgedrückt haben. Die eine Schwester meinte, man hätte fast gar nichts von seiner Demenz gemerkt...nur am Ende war er so müde, hat mich am Nachmittag kaum noch registriert...die Tanks waren leer...

Ich freue mich so, freue mich über jeden Tag, jeden Moment, wo sein Verstand der Krankheit trotzt und mir ein Stück von meinem Johannes schenkt, so wie ich ihn kenne...

Ich soll und ich will diese Lichtblicke auskosten und speichern...speichern für später, wenn seine Reise ins Vergessen mir immer mehr von ihm genommen haben wird. Ich darf gar nicht daran denken. Ich habe solche Angst. Er fehlt mir schon jetzt. Ich brauche ihn doch so! Ich habe ihn immer gebraucht. Ich war immer die Schwächere Er war...und ist doch...NOCH... meine große Stütze, mein Halt.. Ja, mein Halt, mein Fels in der Brandung...wie oft habe ich das wohl zu ihm gesagt?

Ich sehe uns bei einer unserer Radtouren, bei der wir uns so verfahren hatten und irgendwann mitten im Wald und ohne wirklichen Weg vor einem steilen Hang mit ewig viel Gestrüpp standen. Wir hatten völlig die Orientierung verloren und es dämmerte bereits. Von irgendwo weiter oben erahnten wir die Geräusche einer Straße. Wir versuchten es und schulterten die Räder, um nach oben zu klettern. Schon nach wenigen Schritten bergan, war ich völlig außer Atem und am Ende. Ich stolperte über irgendwelche Ranken und stürzte in dorniges Geäst. Ich heulte auf vor Schmerz. Mein Fuß war umgeknickt, Hände und Beine blutig zerkratzt. Ich wusste, ich würde es keinen Schritt weiter schaffen. Die Panik ergriff mich eiskalt.

UND da kam Johannes zurück! Er beruhigte mich, nahm erst mein Fahrrad und später seins und schleppte beide nacheinander den Berg herauf. Er kam sogar noch ein drittes Mal, um mich nach oben zu hieven. Und das alles ohne einen Vorwurf oder Ungeduld. Ich war so stolz auf ihn und trotzdem liefen mir die Tränen die ganze Zeit übers Gesicht.

Ich muss diese Kraft jetzt selbst entwickeln. Ich möchte das lernen! Was soll sonst mit uns werden?

Heute haben sie wieder ein längeres Gespräch mit mir geführt. Die Tablette abends hat er ja nun akzeptiert, hat nicht einmal nachgefragt. Aber nun wollen sie noch eine wichtige Untersuchung durchführen, wollen ihm Hirnwasser ziehen! Darin sieht man dann wohl, ob es wirklich Alzheimer ist...ich dachte, das wäre klar?! Und wenn ja, was ändert das dann noch?... Der Verlauf steht doch fest! Warum noch die Quälerei? Ich habe das Bild gesehen in dem Aufklärungsblatt zu dieser Untersuchung... Nein wirklich...ich glaube für mich selbst, ich würde das bei mir nicht machen lassen! Und Johannes? Wäre dann nicht alles für ihn klar?!

Müsste er dann nicht erkennen, dass etwas nicht mit ihm stimmt? Dass er hier Patient ist?!

Würde er das verkraften? Würde ICH ihn dann verkraften?

Ich solle mich außerdem darauf einrichten, dass Sie ihn in einen Belastungsurlaub schicken wollen. Das ist dann so eine Entlassung auf Probe...Ich könne ihn dann aber jederzeit zurückbringen, wenn größere Probleme auftreten...Das kam dann doch für mich überraschend! Wie wird er sich zu Hause verhalten? Da kann ich ja nicht einfach abschließen...Was ist, wenn er wegläuft? Wird er dann -wie auch hier- alles durchwühlen, weil er nichts mehr findet? Wie bekomme ich ihn dazu, dass er ab jetzt auf mich hören muss? Wird er das hin-

nehmen? Oder werden sich die alten Charakterzüge nicht
eher noch verstärken?

Der Chefarzt meinte, ich solle mir Hilfe und Unterstützung in
der Familie suchen. Vielleicht könne ja eines der Kinder die
erste Zeit bei uns schlafen?

Ja, das wäre natürlich schon eine Entlastung...da werde ich
heute gleich mal Georg, unseren Sohn anrufen...wir müssen
gemeinsam beraten. Aber die jungen Leute haben doch so viel
Arbeit...ich weiß nicht, ob ich...

So viele Fragen! Ich merke, wie mir der Kopf schwirrt. Ich
habe solche Angst...

Als ob das alles nicht schon genug Bürde wäre....Johannes war
bei meinem Besuch heute richtig unmöglich zu
mir...unterstellte mir ein Verhältnis mit dem Chefarzt, er hätte
alles beobachtet...ich würde ihn im Stich lassen! Woher
kommt denn jetzt bloß dieses Misstrauen, diese Eifersucht?!
Gehört das auch zu seiner Krankheit?

Es ist so entsetzlich! Warum kommt die Flutwelle denn jetzt
schon?!

15.Mai

Heute haben sie mich zum ersten Mal vom Krankenhaus zu
Hause angerufen.

Es war etwas passiert!

Johannes hatte einen Erregungszustand geboten, sie mussten ihm eine Beruhigungsspritze und ein Medikament gegen Trugwahrnehmungen, gegen sogenannte Halluzinationen verabreichen. Er sei kurz davor ganz aufgebracht zur Schwester gekommen und hätte ihr von Männern berichtet, die ihn bestehlen würden, er hätte auf Station Handwerker gesehen, die aber tatsächlich gar nicht da waren...

Wie geht denn nur so etwas? Was treibt denn dieses kranke Hirn bloß mit ihm? Da muss er doch riesige Angst gehabt haben!

Gott sei Dank haben die Injektionen sofort geholfen, jetzt schläft er...und wenn er schläft, wirkt er so, so friedlich...so normal...

Dann glaube ich, ihn wieder ganz bei mir zu haben. Ich habe meinen Kopf auf seine Brust gelegt und seinem Herzschlag zugehört. Wie früher. Ich habe seinen kräftigen Körper gespürt und wieder das Gefühl gehabt, mit ihm an meiner Seite wird alles gut.

Ich brauche das soo sehr!

16.Mai

Mit einem beklommenen Gefühl betrete ich die Station. Heute hole ich Johannes ab. Trotz der Geschichte von gestern...

Die Ärzte meinten, er warte jetzt schon so lange auf „seinen Urlaub", da wollten sie ihn nicht noch einmal aufschieben.

Aber sie haben mit dem Hausarzt gesprochen und eine ambulante Schwester organisiert, die jeden Tag nach dem Rechten sehen wird. Die Empfehlungen zu den Medikamenten, die bei solchen Attacken wie gestern helfen, haben sie dem Hausarzt durchgegeben. Ein wenig ruhiger macht mich das schon. Außerdem wird unsere Enkelin, die in der Nähe studiert, die nächsten zwei Wochen bei uns wohnen...Die Hilfsangebote kamen sofort von den Kindern. Ich war soo überrascht und bin so dankbar...

Wenn ein Stützpfeiler wegfällt, haben sie gesagt, dann müssten eben die übrigen zusammenrücken und stärker werden...

Mit diesem Satz im Kopf atme ich tief durch...und laufe auf ihn zu.

Wie er sich freut! Er hat auf mich gewartet! Öffnet die Arme...und ich darf meinen Kopf wieder an seine Brust lehnen...Seine Tränen tropfen auf mein Gesicht...

Und plötzlich merke ich, dass ich ihn stütze...merke, dass mich eine sonderbare Kraft und Ruhe durchströmen...

Ja, ich glaube, ich...wir können es schaffen, das letzte Stück gemeinsamen Weges zu gehen...

TEIL 2

Johannes

Anna fährt mich heim!

Sie hat einfach das Steuer übernommen; hat mir keck ins Gesicht geguckt und sehr bestimmt gesagt:

„So, Du hast mich jetzt fünfundvierzig Jahre chauffiert, das reicht! Jetzt bin ich mal dran!"

So kenne ich meine Anna doch gar nicht! Fünfundvierzig Jahre schon chauffiert? Dann muss ich aber schon ziemlich alt sein! Da habe ich gedacht, lass sie mal machen. Ich will heute mal friedlich sein...

Wir fahren durch eine sehr vertraute Gegend und doch sieht alles anders aus...Die Bäume, die die Straße säumen, sind so saftig grün, alles ist grün, überall blüht es. Dann muss es wohl Frühling sein. Wo war ich bloß so lange, dass ich das nicht eher gesehen habe? Habe ich wirklich so viel gearbeitet?

Da, auf einmal bremst Anna unvermittelt. Ein Be-huteter, ein Hütchenmännchen kommt winkend herbeigesprungen und strahlt uns an. Ja, der Hut wirkt größer als der ganze Kerl! Anna scheint ihn zu kennen. Sie kurbelt das Fenster herunter und lacht ihn an.

„Na, ihr zwei.", grüßt der Kopf unter dem Hut. „Lange nicht gesehen! Geht es euch gut?" Während Anna gleich drauflos plappert, überlege ich, wo ich ihn schon mal gesehen habe. Aber es will mir partout nicht einfallen. Bekannt kommt er mir schon vor. Was ist nur mit meinem Kopf los? Das muss dann aber schon wirklich sehr lange her sein! Doch die beiden tun ja ziemlich vertraut miteinander...Das gefällt mir gar nicht. Wieso kennt Anna jemanden besser als ich?! Jetzt schiebt er seine Hand zum Fenster herein, um sie mir zu reichen.

„Hallo Johannes!", wendet er sich nun ganz an mich. Dabei rutscht der Hut nach hinten und eine dicke Hornbrille wird sichtbar. „Mensch Johannes, du bist ja heute so still, tust ja grade mal so, als käme ich vom Mars!"

Ich glaube, ich muss jetzt irgendetwas sagen. Doch ich weiß immer noch nicht, auf welchen Namen dieses Hütchen hört.

„An den Mars hatte ich eher nicht gedacht", versuche ich einen Scherz. „Ich war immer der Meinung, die seien dort grüner..." Da bricht Ullrich in ein schallendes Gelächter aus. – Ja—mein Gott, Ullrich, so hieß er! So wiehert nur Ull-rich...dieses Lachen ist einmalig. Ich hab 's wieder...

Kaum zu Hause angekommen, fliegt schon die Tür auf und ein junges Mädchen kommt uns entgegengestürmt. Die Sonne blendet so sehr, dass ich nur ihre Umrisse ausmachen kann. Freudestrahlend begrüßt sie uns, umarmt mich sogar als ersten und drückt mir einen dicken Schmatz auf die Wange.

„Mensch, Opi, du siehst gut aus!", zwitschert sie vergnügt.

„Komm rein. Ich habe schon ein bisschen was vorbereitet..." Sie sieht Anna so ähnlich, als diese jung war, man könnte fast meinen, da hätte noch mal jemand die Zeit zurückgedreht. Sie schwingt auch genauso die Hüften. Aber das macht ihre Mutter ja ebenfalls – ihre Mutter – meine Tochter. Ja, die sind schon alle miteinander ziemlich verstrickt. Der Apfel fällt halt...fällt nicht...fällt nicht? Klar fällt der Apfel, wenn er fällt.

Drinnen im Haus duftet es verdammt lecker.

„Mmmh, riecht das gut", lobe ich. „ Da krieg' ich ja gleich richtig Hunger!"

„Ja, Opa. Erkennst du den Geruch? Rate mal, was es gibt?", trällert mir die verjüngte Anna entgegen. „Ich habe dein Lieblingsessen gekocht..."

„Mein Lieblingsessen? Na, das muss wohl das sein, was mir am besten schmeckt..." gebe ich als Antwort zurück und versuche einen Blick in die Kochtöpfe zu erhaschen, kann aber nicht erkennen, was es gibt. Wie sollte ich das denn auch am Geruch erkennen? Bei jedem Koch duftet es halt anders!

Schlurfend bewege ich mich zum Briefkasten, um die Früh-
stückszeitung zu holen. Es ist wieder so ein sonniger Morgen,
die Luft ist noch ganz frisch und klar. Und ich habe so richtig
gute Laune. Das einzige, was mich stört, sind meine Füße, die
irgendwie nicht so schnell wollen wie ich. Als ob ich am Boden
festgeklebt wäre. Wirklich komisch, scheinbar ist es doch so,
kaum, dass man in Rente geht, dass die Alterszipperlein be-
ginnen.

Während ich mich am Briefkasten zu schaffen mache, der
Schlüssel klemmt nämlich, werde ich plötzlich angesprochen.

„Einen schönen guten Morgen. Ich bin Schwester Dorothea.
Sind Sie der Doktor Köberlein?" Ich blicke auf und sehe ein
unbekanntes sehr blasses Gesicht mit blonden streng geschei-
telten und nach hinten zu einem Zopf zusammengefassten
Haaren. Als nächstes fallen mir zwei kühle blaue Augen auf,
die sich in die meinen brennen.

In diesem Moment löst sich die Verklemmung des Schlüssels,
der Briefkastendeckel klappt herunter und der gesamte Zei-
tungs- und Werbemüll ergießt sich auf die Rabatte. Mein Ärger
darüber färbt nun die Tonlage, mit der ich dieser Schwester
antworte.

„Kann schon sein, dass ich das bin. Warum interessiert Sie das?"

„Dr. Kallmeier schickt mich, Ihr Hausarzt. Ich soll mich ein wenig um Sie kümmern und immer mal nach dem Rechten sehen…"

„Hier sind Sie garantiert falsch. Ich brauche niemanden zum Kümmern, was soll der Unsinn! Ich fühle mich ziemlich gesund und würde jetzt gerne mit meiner Frau das Frühstück genießen!"

„Ich bin aber beauftragt…", kontert sie schon wieder und ich registriere, dass Schwester - wer auch immer weiß, wie die hieß- soeben den Grundstein für eine missglückte Beziehung gelegt hat…

„Wenn Sie keinen Ärger wollen, liebe Frau, da-aann soll-teen Sie miich jeetzt wiirk-liich iin Friie-deen las-seen!" Dabei dehne ich jede Silbe, so wie ich es von Anna kenne, wenn sie wütend ist.

„Das ist ja schon schlimmer, als ich dachte", kommentiert sie meine Ablehnung.

Gott sei Dank kommt in diesem Augenblick Anna aus der Haustür und schaltet sich helfend ein.

„Anna, diese Frau hier lässt sich einfach nicht abwimmeln und redet wirres Zeug. Stell dir vor, sie will *mir* helfen…"

Anna streckt der Schwester die Hand entgegen und öffnet die Gartenpforte.

„Guten Morgen. Tut mir leid. Schön, dass Sie vorbeischauen. Kommen Sie doch herein. Wir sind gerade beim Frühstück, wollen Sie auch eine Tasse Kaffee?"

Dass Frauen immer so diplomatisch tun müssen…Ich verstehe Anna nicht…verstehe diese ganze Sache überhaupt nicht.

„Wozu brauchen wir eine Krankenschwester, Anna?", frage ich irritiert und sammle die losen Zeitungsblätter vom Blumenbeet ein. Ich merke, dass Anna sich windet. Dieses kurze Zögern nutzt die übereifrige Pflegekraft sofort aus, um sich wichtig zu machen.

„Herr Köberlein" doziert sie mit hoher Stimme. „Es gibt eine ganze Reihe von Menschen, die sich sehr um Sie sorgen. Sie sollten froh und dankbar sein, dass Ihnen alle helfen wollen und das schon in diesem frühen Stadium Ihrer Erkrankung…"

Was redet die da für Zeug?! Frühes Stadium Ihrer Erkrankung? Frechheit! Das geht aber wirklich zu weit!

„Jetzt hören sie aber mal zu, meine Gute! Ich entscheide noch immer selbst, was ich brauche und was nicht. Und im Moment entscheide ich mich doch lieber für ein gutes Frühstück! Einen schönen guten Tag noch!" Unmissverständlich wende ich mich ab um wieder ins Haus zurück zu trippeln.

Ich bin sauer, *stinkesauer*...sauer auch auf Anna. Wieso hat sie diese Person nicht weggeschickt?

Anna kommt mir wenige Augenblicke später nach - ohne Krankenschwester. Sie holt mich rasch ein und ich versuche das zu verhindern, indem ich die Schritte beschleunige. Aber die Füße machen nicht mit, verheddern sich und ich stürze nach vorne hin, wie ein gefällter Baum. Der Schmerz aus beiden Knien übertönt meine Wut. Und auch Anna vergisst über den Schreck, dass sie sich rechtfertigen müsste.

„ Hast du dir sehr wehgetan?", ruft sie besorgt. „Ist was gebrochen? Denkst du, dass du aufstehen kannst?" So viele Fragen! Wie soll man denn da antworten können!

Hastig tastet sie meine rasch anschwellenden Knie ab. Auch Johanna ist inzwischen herbeigeeilt.

„Ist dir nicht gut, Opa? War dir schwindelig? Sag schon!", drängt sie.

Mir ist dieses Theater um meine Person völlig unangenehm. Deshalb mache ich schnell mit der Hand eine wegwerfende Bewegung.

„Nichts ist mit mir. Alles in Ordnung. Diese blöden Schlappen...es liegt nur an diesen blöden Schlappen, mit denen musste ich ja hinfallen...ich will endlich ordentliche Schuhe!"

Ich versuche schnell wieder auf die Beine zu kommen, aber ich merke, dass es nicht ohne fremde Hilfe geht. Da haben mich die beiden Frauen längst unter den Armen gepackt und wieder hochgezogen.

Im Haus setzen sie mich auf einen Stuhl und machen sich schweigend an meinen Beinen zu schaffen. Anna vermeidet es, mich anzuschauen.

„Was habt ihr denn da draußen so lange gemacht?", will nun Johanna wissen. „Ihr könnt mir doch nicht erzählen, dass ihr beide so lange gebraucht habt, um die Zeitung zu holen."

„Haben wir auch nicht!", gebe ich gnatzig zur Antwort. „ Wir hatten Besuch!", dabei bohre ich Anna einen wütenden Blick in den Nacken, während sie noch tiefer an meinem Bein versinkt.

„ Anna wollte eine wildfremde Person, die behauptete, sich um *mich* kümmern zu wollen, zum Frühstück einladen! Stell dir das mal vor!"

„Ach!... Die Krankenschwester war schon da?" fragt die Enkelin weiter.

„Schon da?", hake ich nach. „Die war also bestellt?... Bestellt von *euch*?"

Beide Frauen schauen sich betroffen an. Ich habe sie also ertappt!

„Beruhige dich doch!", versucht Anna mich zu beschwichtigen.

„Was geht hier vor? Warum macht ihr heimlich solche Sachen? Ihr behandelt mich ja als wäre ich, wäre ich, als wäre ich nicht...nicht ganz zurechnungsdingsig...ehm...-fähig!"

„Das denkt keiner...", beginnt Anna vorsichtig. „Aber die Krankheit hat dich *schon* verändert...ich... ehm...wir...ich, ich kann das einfach nicht!", seufzt sie und ich sehe Tränen in ihre Augen steigen, dann wendet sie sich abrupt ab und rennt aus dem Zimmer.

Mir ist, als würde man mir, obwohl ich schon sitze, den Boden unter den Füßen wegziehen. Ich weiß immer noch nicht, was sie meint und doch steigt eine Ahnung wie eine Bedrohung langsam in mir hoch und klemmt mir die Luft ab. Die letzten Worte, die ich noch verständlich herausbekomme, sind: „Ich bin also krank...so krank, dass...dass sich keiner traut, traut, mir die...die Wahrheit zu sagen..."

„Ach Opa", murmelt mein Enkelin und streicht mir behutsam über 's Haar. „Ach Opa...es ist so unfair, so unfair, dass ausgerechnet du...du nun daran erkrankt bist...erkrankt an dem, was du doch selbst immer versucht hast... versucht hast zu behandeln...."

Das unheimliche Gefühl ist nun Gewissheit und hat jetzt gänzlich meinen Kehlkopf erreicht und sitzt dort wie ein schwerer Klumpen. Ich weiß, dass ich gleich ersticken werde. Das ist der letzte Gedanke, bevor es dunkel wird.

Als ich wieder zu mir komme, habe ich zwei große nasse Flecken auf der Brust und auf jedem ruht ein schluchzender Kopf, einer ist älter und einer jünger und doch sehen sie fast gleich aus. Mich überkommt plötzlich eine Flut an Wärme und der starke Wunsch, die beiden zu trösten...und Trost artet bei mir meistens in unbeholfener Komik aus. Dann höre ich mich sagen und ich weiß wirklich nicht, woher diese Worte kommen:

„Herr Meier-, sagt der Arzt zum Patienten,- ich habe zwei Nachrichten für Sie...eine gute und eine schlechte...Zuerst die schlechte-, sagt Herr Meier. Also gut. Zuerst die schlechte Nachricht. Tut mir leid, Herr Meier, aber sie haben Alzheimer. Und die gute Nachricht ist, dass, dass Sie es bald wieder vergessen haben..."

24. Mai

Die Anna-Johanna ist anscheinend jetzt richtig bei uns eingezogen. Sie sagt, sie müsse eine wichtige Arbeit für ihr Studium schreiben und bei uns hätte sie die richtige Ruhe dazu. Tatsächlich sehe ich sie in jeder freien Minute an ihrem Dings, ihrem Top-Läpp, Läpp-Dings-Topp sitzen. So wie jetzt. Neugierig tappe ich in ihr Zimmer und staune, wie schnell sich ihre Finger über die Buchstabenkästchen bewegen.

„Was schreibst du denn da?", erkundige ich mich.

„Ach, Opa, du bist es! Du hast mich aber erschreckt. Das hier ist nur meine Semesterarbeit. Ich wollte sowieso gerade aufhören. Komm wir gehen raus in den Garten, ich habe Lust, ein wenig Gitarre zu spielen."

Wir schunkeln noch nicht lange, da kommt auch Anna durch unseren Gesang angelockt auch noch heraus und leistet uns Gesellschaft. Nun trällern wir gemeinsam durch alle möglichen Lieder und Songs quer Beet. Das geht so gut und macht so viel Spaß. Ich hätte gar nicht gedacht, dass mir das Singen so viel Freude macht und vor allem hätte ich nie geglaubt, dass ich noch so textsicher bin. Die Liedzeilen kommen wie von ganz allein und bahnen sich ihren Weg zu meiner Zunge. Ich merke, dass ich richtig auflebe und auch Anna ist schon ganz rot vor Eifer. Zu „The Sound of silence" zuckt es mir dermaßen in den Beinen, dass ich nicht anders kann, als mir Anna zu schnappen und mit ihr auf der kleinen Rasenfläche zu tanzen anfange. Obwohl wir das bestimmt so schon viele, sehr viele Jahre nicht mehr getan haben, scheinen meine Füße genau zu wissen, wohin sie sollen. Ich drücke Anna eng an mich und mich durchströmt ein sonderbares Kribbeln von Kopf bis Fuß...

Atemlos und lachend lassen wir uns danach auf die Hollywoodschaukel fallen. Annas Augen glänzen wie schon lange nicht mehr und mir ist noch immer ganz sonderbar zumute...das war wieder so einer dieser Momente, die man ganz fest halten muss, die man sich für immer ins Gedächtnis brennen muss, um in schlechteren Zeiten darauf zurückgreifen zu können.

Ich weiß gar nicht, ob Johanna weiter Gitarre gespielt hat. Ich weiß aber, dass Anna ganz und gar vergaß, Mittagessen anzusetzen und wir uns kurzerhand dazu entschlossen, zum Italiener zu gehen.

28. Mai

Unsere junge Mitbewohnerin ist ganz eifrig um uns bemüht. Jeden Tag legen wir nun so eine Musikstunde wie neulich ein. Außerdem hat sie es sich auferlegt, uns geistig mit allerlei Quizfragen und Ratespielen auf Trab zu halten. Und jeden Abend spielen wir mittlerweile Karten. Ich weiß gar nicht, wie sie darauf gekommen ist, uns so ran zu nehmen. Aber vielleicht ist das einfach nur ihr jugendlicher Ehrgeiz uns fit zu halten. Ich find es ja schön, dass sie sich so kümmert. Sie bringt uns so richtig in Schwung und füllt das Haus mit frischem Leben. Sie ist so voller Fröhlichkeit, die so ansteckend ist. Das tut uns zwei Alten soo gut. Gestern haben wir uns so eine herrliche Musik angehört, mir war, als hätte ich sie schon tausend mal gehört...es war ein Konzert, ich konnte sogar die Melodie mit summen...

Später hörte ich Anna zu unserer Enkelin sagen, dass das Vivaldi, mein Lieblingskomponist sei. Ich habe mich darüber sehr gewundert. *Mein* Lieblingskomponist? Da hatte ich mich bestimmt verhört, sie hatte sicherlich statt „sein" „mein" Lieblingskomponist gesagt. Obwohl, den Namen hatte ich schon einmal gehört...und diese Musik war wirklich fantastisch!

„Ach, wenn ich doch mal wieder in ein Konzert gehen könnte!", seufzte Anna mehr zu sich selbst als für meine Ohren gedacht.

Aber ich habe es gehört und es mir sogar gemerkt. Und jetzt schleiche ich mich an den Computer meiner Enkelin, der diesmal unbenutzt vor sich hin flackert...Johanna hilft gerade meiner Anna in der Küche...als ich näher komme und auf eine der Tasten drücke, verändert sich der Bildschirm. Dick prangen die Lettern: GOOGLE in der Mitte und darunter ein freies Kästchen. Das kenne ich, im Internet habe ich schon oft nach Informationen gesucht. Da fällt mir wieder Vivaldi ein und ich tippe mühsam die Buchstaben in das freie Kästchen...Klick... und schon springt die Suchmaschine an...Vivaldi- Die vier Jahreszeiten, sein bekanntestes Stück bestehend aus vier Violinenkonzerten...lese ich da. In diesem Moment werden bei mir im Oberstübchen ein paar Wege freigeschaltet, ich verstehe mit einem Mal, dass mir da etwas für mich sehr Wesentliches, das irgendwann früher (bloß wann?) einmal ganz selbstverständlich und immer gegenwärtig war, auf einmal verloren gegangen sein muss. Wann war das? Diese Erkenntnis schlägt wie ein Blitz in mein Bewusstsein ein und raubt mir für einen Moment die Sinne...Alles beginnt zu flimmern. Ich bin fassungslos...erschüttert, Panik steigt in mir auf. Was hat das zu bedeuten? Anscheinend gehen mir Informationen aus meinem Gedächtnis verloren...und ich merke das gerade...oh Gott! Ist Vivaldi nur der Anfang? Der Anfang von was? Oder ist er, ich wage gar nicht weiter zu denken, gar nur die Eisbergspitze?...

*

Ich weiß gar nicht, wie lange ich hier schon sitze. Irgendetwas muss mich sehr irritiert haben. Oder war ich eine Weile eingeschlafen? Der Bildschirm vor mir zeigt ein schwarzes Bild mit bunten Kringeln. Warum sitze ich hier? Was mache ich vor diesem Computer? Noch während ich dies denke, tippt einer meiner Finger auf die Entertaste. Ich bin ganz erstaunt, dass er das weiß...Vivaldi springt mich wieder an, ach ja das Konzert...Anna wollte ja mal wieder in ein Konzert...stimmt, das hatte sie mal vor nicht allzu langer Zeit gesagt. Dann lese ich es als wäre es Gedankenübertragung: Vivaldi-Tickets—klicken Sie hier! Mein Zeigefinger gehorcht sofort...Klick...ein Formular tut sich auf: „Bitte geben Sie Namen und Anschrift ein!"...Nach einer halben Ewigkeit bin ich fertig. „Die Tickets werden Ihnen mit der Rechnung zugesandt. Vielen Dank für Ihre Bestellung!"...Enter...Fertig!

Na das wird eine Überraschung! Ich kann es kaum erwarten!

Ach, was ist das heute nur für ein Gewirbel in unserem Haus,
dieses ständige Gerenne...

Was ist denn nur los? Wie zwei gescheuchte Hühner. So ein
Geflatter...Mich haben sie einfach auf 's Sofa gesetzt, stand
wahrscheinlich zu sehr im Weg herum. Habe nicht mit geflat-
tert. Und nun sitze ich zur Strafe hier...wie abgestellt. Ich weiß
ja auch gar nicht, was ich sonst machen soll...ist ja auch mal
schön, einfach so zu sitzen...Das junge Mädchen ist gerade
mit ein- und demselben Blumenstrauß mindestens dreimal an
mir vorbeigeflogen. Was ist das nur für ein Unsinn! So viel
Energie für eine Sache! Mal war der Strauß trocken, dann
tropfte er und zum Schluss hatte sie Papier um die Stiele
gewickelt. Papier? Macht man das, damit die Blumen nicht
frieren? Frieren? Na so ein Unsinn...Blumen frieren doch nicht!

Was macht denn Anna schon wieder vor diesem Glasdings im
Flur? Das ist doch kein Fenster? Und wie sie immer an sich
herumzupft! Warum hat sie sich eigentlich so herausgestutzt?
Herausgestutzt? Hieß das so? Warum hängt das denn mit den
Worten immer so? Sie kämmt und kämmt...sogar einen Per-
lenkranz hat sie um den Hals...

Ach, was habe ich es da einfach...und so schön ruhig, sitze
hier so gemütlich, so sehr gemütlich...und diese Kissen sind
herrlich weich...ich könnte doch bestimmt auch noch die Beine

hochlegen, das Kissen unter meinen Kopf packen und einfach noch ein wenig nickern…

*

„Ja, was macht ihr denn für Unruhe? Warum stört ihr mich beim Schlafen?

Was soll das? Warum müssen wir weg? Ich will aber nicht weg!", maule ich beide Frauen an.

„Ich will zu keinem Geburtstag, zu keiner Feier! Lasst mich!"
Doch die beiden meinen es ernst. Die junge Anna zieht mir sogar die Schuhe an, während mir die ältere etwas vom Mund abwischt. Was ist das nur für ein Gefummel? Ich bin doch keine Puppe!

„Hört endlich auf!", schimpfe ich und mache mich frei, will auf die Toilette. Doch das wird als Fluchtversuch gedeutet und sofort abgeblockt. Warum müssen Frauen immer bestimmen wollen? Wo ich doch aber so dringend muss.

„Nun lasst mich doch endlich! Ich halte es schon nicht mehr aus!" Wahrscheinlich hätte ich deutlicher werden müssen, denn sie vermißstehen mich schon wieder. Ich kann doch meine Blase nicht ewig abzwängen!

Gerade als meine Anna den Kamm unter den Wasserhahn hält, um meine Haare besser bändigen zu können, kommt die

Entspannung mit einem warmen Gefühl an meinen Ober-
schenkeln. Ich stehe plötzlich in einer Pfütze...

Ups, haben die Blumen so getropft? Auch Anna hält sich überrascht die Hand vor den Mund und stöhnt sogar laut auf.

„Na so schlimm ist das doch auch wieder nicht, so ein bisschen Wasser", versuche ich sie zu beruhigen. „Das ist doch
ganz schnell wieder wegge...weggeschifft."

Die dunklen Flecken auf meiner Hose sind jetzt kalt und eke-
lig. Die müssen weg! Ich winde mich und versuche die Hose
irgendwie los zu werden. Doch sie klebt!

„Macht das doch endlich ab, bitte!", flehe ich verzweifelt.
„Irgendetwas Leimiges muss mir auf die Hose gekommen
sein!"

Wieder schauen sich die beiden Damen so merkwürdig ver-
stehend an. Was tauschen sie nur immer solche Blicke aus?
Habe ich etwas verpasst? Ist das so eine geheime Frauen-
sprache? Ich komme da einfach nicht mit. – Muss ich denn
das auch? Ich glaube nicht, dafür bin ich doch auch ein Mann,
ein Opa-Mann!

Mit der neuen Hose gefalle ich mir sowieso viel besser. Das
macht mich doch gleich fröhlicher.

„Los Mädels, lasst uns gehen! So kann ich mich ja wieder
zeigen und verführen lassen!"

Schön, ich habe sie wieder zum Lachen gebracht. Warum müssen Frauen eigentlich immer so verkrapft sein?

05. Juni

Ich sollte das Auto nehmen. Mal sehen, wo der Schlüssel steckt. Da unten im Flur habe ich neulich so viele hängen sehn. Da war so ein Brett mit Schlüsseln, so ein schlüsseliges Brett. Da will ich mal als erstes gucken. Ohje...das sind ja so viele von diesen Dings! Die sehen ja alle anders aus? Das ist ja lustig. Wofür die wohl alle gut sind? Mm, was will ich denn mit all den Schließern? Wollte ich irgendwas bestimmtes hier? Warum bin ich denn hierher gegangen, was wollte ich denn bloß?

Die Antwort gibt mir meine volle Blase, die sich just in diesem Moment meldet. Na dann gehe ich mal eben auf die Toilette...

Dann stehe ich wieder im Flur und schaue auf meine Pantoffeln, die scheinen sich zu fragen, wohin sie wollen. Etwas oberhalb von ihnen entdecke ich schließlich noch zwei Schlafanzugsbeine und ich weiß plötzlich, dass ich wieder ins Bett gehen sollte.

*

Aber ich kann überhaupt nicht schlafen und setze mich wieder auf. Schaue aus dem Fenster. Warum ist es denn so dunkel,

wenn ich wach bin? Warum macht denn keiner Licht? Genau
in dieser Sekunde kommt der Mond hinter einer Wolke hervor
und alles wird überdeutlich hell. Gleichzeitig sehe ich unten im
Hof lange Schatten wachsen. Sie kriechen aus den Gegen-
ständen heraus und strecken lange Finger aus. Sie werden
länger und länger und fingern schon an der Hauswand
hoch! Ich blicke entsetzt zum Mond. Was geht hier vor? Plötzlich erkenne ich die Zähne in seinem Gesicht, spitze lange
Zähne. Sie reißen die Wolken in Fetzen. Die Fratze verändert
sich, wird zottig und lang mit einem riesigen Maul. Jetzt höre
ich sein höhnisches Lachen und die Zähne blitzen gelblich auf.
Dann glaube ich ein Flüstern zu vernehmen. Ich drehe mich
um, doch da ist niemand zu erkennen. Das Flüstern wird lauter und lauter. Es scheint überall zu sein! Panisch blicke ich in
alle Ecken. Doch dann wird mir klar, woher es kommt. Und
nun verstehe ich jedes Wort.

„Du entkommst mir nicht!", donnert eine blecherne Stimme.
„Du entkommst mir nicht! Heute werde ich dich holen! Deine
Zeit ist abgelaufen!"

Eisige Schauer jagen mir über den Rücken und mein Herz hört
auf zu schlagen. Die Luft bleibt in meinen Lungen gefangen.

Was geht hier bloß vor sich?
„Was willst du?", krächze ich. „Was willst du von mir?"
„Ich werde dich holen!" wiederholt der Unsichtbare unbarm-
herzig. „Ich bin gleich da!"

Da sehe ich sie wieder...die Schattenfinger bewegen sich an der Fensterscheibe entlang. Jetzt verstehe ich. Sie sind es, die mich holen sollen! Die Stimme kommt vom Mond! Er hat die Schatten geschickt!

Ich möchte weglaufen, doch ich kann nicht. Irgendetwas hält mich fest! Ich möchte schreien und doch bekomme ich den Mund nicht auf. Jemand hält ihn zu. Etwas hat die Kontrolle über mich übernommen, ich habe sie komplett verloren. Sie haben mich gelähmt. Sie sind um mich, sind sie in mir?! Jetzt sehe ich die langen Finger auf mich zu wandern, Stück für Stück schieben sie sich näher...der erste erreicht gerade meine Bettdecke, leckt mir schon fast an den Füßen, auch die anderen verteilen sich gleichmäßig über dem Zubett, fangen an zu zerfließen und verschmelzen zu einer schwarzen Masse. Langsam wabert diese nun höher und höher ...droht mich zu ersticken. Sie wollen mich holen. Gleich haben sie mich, kann ich gerade noch denken, dann wird plötzlich alles schwarz um mich her. Die Dunkelheit ist zum Anfassen, sie schluckt alles. Auch die Schatten...

Und den Mond.
Sie sind tatsächlich weg!
Ich bin gerettet. Die Luft entweicht mir pfeifend aus der Brust und mein Herzschlag setzt wieder ein. Erschöpft falle ich zurück und versinke in der Schwerelosigkeit.

„Hallo, guten Morgen, ihr Lieben!", begrüße ich die zwei Frauen am Frühstückstisch und will mich einfach in das muntere Geplapper mit hereinhängen. Doch das Geplapper stirbt abrupt ab, in dem Moment, wo sie meiner gewahr werden. Mit weit aufgerissenen Mündern und Augen starren sie mich an als sei ich der Heilige Geist persönlich.

„He Mädels, was habt ihr denn? Ist es so schlimm, dass ich zu spät komme? Dafür habe ich mich aber extra fein gemacht für euch!"

Ich weiß ja, dass Anna es nicht mag, wenn ich im Schlafanzug zum Frühstücken erscheine. Habe mich heute sogar schon rasiert! In dem Augenblick, als ich noch einmal kritisch an mir heruntersehe, bricht meine Enkelin, ich glaube, sie heißt Johanna, in schallendes Gelächter aus.

Beides irritiert mich gleichermaßen, das Lachen und die Tatsache, dass ich mir wegen des Namens meiner Enkelin nicht sicher bin.

Anna lacht nicht, sie hat nur Tränen in den Augen, steht auf, nimmt mich bei der Hand und führt mich schweigend wieder ins Bad. Was ist denn das nur für ein seltsames Gebaren? Bin ich etwa aussätzig? Habe ich schwarze Pickel im Gesicht oder was?

Gereizt herrsche ich Anna deshalb an: „Behandle mich doch nicht wie ein Kind! Was soll das? Sag' mir endlich, was los ist!"

Doch Anna setzt unbeirrt ihr Tun fort, das darin besteht, mir die Boxershorts und das Unterhemd wieder vom Schlafanzug herunter zu ziehen. Anschließend hält sie mir den kleinen Handspiegel vor das Gesicht. Ihres ist jetzt selbst dahinter versteckt, aber ich kann es glucksen hören. Wieso wird hier schon wieder gelacht?

Doch die aufkommende Empörung wird plötzlich durch blankes Entsetzen in die Flucht geschlagen. Ich habe im Spiegel eine blutrünstige Fratze entdeckt. Ein paar irre Augen, die tief in den Höhlen liegen, glotzen mich an. Sie sind umrahmt von zerzausten und verklebten Haaren und der übrige Rest des Gesichtes ist übersäht von blutigen Schrunzen und Kerben, so, als ob gerade ein Gemetzel stattgefunden hätte.

„Sag mir doch, wenn du dich das nächste Mal rasieren möchtest.", meldet sich Anna. „Ich kann dir doch helfen. Jetzt, wo deine Hände immer so zittern."

Daraufhin versuche ich den Zusammenhang zwischen dem Gesicht im Spiegel und Annas Angebot herzustellen. Das mit den Händen habe ich auch schon gemerkt und dass sie mir deshalb beim Rasieren helfen will, kann ich irgendwie nachvollziehen. Aber warum hat sie mir bloß dieses Monster vorher gezeigt? Vielleicht als Warnung? Hat es sich etwa selbst rasiert? Ich komme da irgendwie nicht weiter.

Inzwischen wischt mir Anna mit einem Lappen im Gesicht herum. Tatsächlich scheint sie heute einen auf Mutter-Kind-Tag machen zu wollen.

„Anna! Lass das!", schimpfe ich und reiße ihr den Waschlappen aus der Hand. „Darf ich heute auch noch mal irgendetwas alleine machen?" Das plötzlich einsetzende Brennen in meinem Gesicht beim Kontakt mit dem Wasser lässt eine Ahnung in mir heraufkommen…

10. Juni

Wir haben heute einen wunderbaren Gartentag gemacht, haben erst ein wenig gehackt und fleißig Unpflanzen herausgeschrupft, dann noch dies und das gewerkelt und am Nachmittag gab es sehr leckeren Kuchen mit diesem weißen Zeugs darauf, das sofort auf der Zunge zerschmilzt und so gut schmeckt und anschließend haben wir es uns auf der Hollywoodschaukel bequem gemacht. Anna hat die Zeitung gelesen und ich habe einen zitronengelben Flatterling beobachtet. Er schien so völlig ohne Ziel, schien einfach nur in der Luft tanzen zu wollen. Ich konnte das nicht verstehen, warum strengte er sich so an? Warum verplemperte er so viel Energie …Welchen Sinn ergab das? Wofür lebte so ein kleines Wesen eigentlich? Wusste es überhaupt, dass es existierte? Und wenn es für die Welt um es herum nun gar keine Empfindungen hatte, war es dann nicht egal, ob es da war und lebte?

Oder hatte dieses kleine Ding doch auch Wahrnehmungen, die es glücklich machen konnten? Wenn ja, so hätte sein Leben auch einen Sinn, oder nicht? Denn dieses Streben nach dem Glücksgefühl, das ist doch der eigentliche Motor des Lebens...so habe ich das jedenfalls für mich immer gesehen. Ich habe dann überlegt, ob ich, wenn ich jetzt gehen müsste, sagen könnte, dass ich glücklich war...glücklich bin...

Und genau in diesem Augenblick auf unserer Schaukel sitzend an einem dieser herrlichen Frühlingstage neben der lesenden Anna mit einem Stück Sahnetorte im Bauch wusste ich, dass zum Glücklichsein oft nicht sehr viel gehört...

13. Juni

Ich glaube, ich habe heute etwas ganz Dummes angestellt. Alle haben mit mir geschimpft. Und wenn ich sage alle, dann meine ich alle.

Da waren nämlich am Schluss viel mehr Leute da als sonst. Nicht nur Anna und das nette Mädchen...Nein, da waren auch die beiden mit der Uniform und dann auch noch einer mit weißem Kittel und zwei Pfleger, die ich aber nicht kannte. Die haben ziemlich viel Theater gemacht alle zusammen, sind ständig um mich herum gewesen. Ich habe die ganze Zeit überlegt, wie ich sie wieder lautarm und wutlos kriegen... und vor allem loswerden kann.

Aber dann ist mir irgendwie klar geworden, dass die ganze Aufregung etwas mit mir zu tun haben musste...

Also, ich werde mal versuchen zu rekonstruieren, was heute alles so passiert ist, schon allein deshalb, weil ich mir selbst Klarheit verschaffen muss.

*

Heute Morgen habe ich mich nicht wieder zum Frühstück rufen lassen, sondern habe selbst in der Küche herumgewirtschaftet, weil ich den Tisch richtig schön eindecken wollte. Dafür bin ich extra zeitig aufgestanden, so wie es mir meine Mutter geraten hatte.

„Junge", hat sie gesagt. „Jetzt bist du auch mal dran. Damit es eine wirkliche Überraschung wird, stehst du schon ganz früh auf, besorgst frische Brötchen und bereitest alles schön vor."

Das Problem kam erst auf, als Mutter mit mir mitkommen wollte und darauf bestand, dass wir das Auto nehmen sollten. Dabei hat sie Zeit ihres Lebens nie selber hinterm Steuer gesessen.

„Ich fahre ja auch nicht", hat sie wegen meiner Bedenken gemeint. „Ich habe aber überhaupt nichts dagegen, wenn *du* fährst."

„Aber ich habe was dagegen!", entgegnete ich. Ich hatte ja noch zu gut in Erinnerung, was meine zitternden Hände so alles anrichten konnten.

„Nein, wirklich, Mutter, ich kann das nicht mehr. Sieh mal, wie alt ich jetzt bin! Ich lasse das jetzt immer Anna machen. Wir haben doch noch Brötchen von gestern da, die könnte ich doch aufbacken."

Aber daraufhin ist sie richtig böse geworden. Ich weiß gar nicht mehr, wann ich sie das letzte Mal so erlebt habe. „Ist das der Dank dafür, dass ich den weiten Weg hierher zu dir gekommen bin?! Mir ist das doch egal, was du mit anderen ausmachst. *Ich* will heute früh noch frische Brötchen und basta!"

Da sind richtige Funken aus ihren Augen gesprüht und ihre Haare standen wie unter Strom gesetzt in alle Himmelsrichtungen ab. Ich bin zusammengezuckt und hatte die unverrückbare Gewissheit, dass hier jeder Widerstand zwecklos war. Natürlich hatte ich dann noch die Hoffnung, ich käme um eine Autofahrt mit ihr herum, wenn ich die Autoschlüssel wieder nicht finden würde. Ich wühlte also überall da, wo man üblicherweise solche Dinger suchen würde. Stellte mich extra dumm an. Irgendwann schien ihr aber die Hutschnur zu platzen.

„He, Junge, was wühlst du denn hier ewig herum! Zieh dir doch endlich ein paar vernünftige Schuhe an und komm!"

„Ich würde ja gerne", beeilte ich mich zu sagen. „Aber ohne Autoschlüssel schaffen wir es höchstens bis zur Garage."

„Aber *mit* vielleicht sogar bis zum Bäcker!", triumphierte sie auf und griff zielstrebig in den dritten Krug von rechts auf unserem Fensterbrett.

Ach, hier hatten sie also das gute Stück versteckt! Ich hatte ja schon öfters mal danach gesucht. Aber wozu sollte das gut sein? Und vor allem, woher wusste das meine Mutter?

Mit solcherlei Fragen im Kopf ließ ich mich mehr oder weniger willenlos von ihr am Handgelenk gepackt zur Herberge unseres Autos ziehen. Es gab kein Entrinnen mehr...

Ja, und so begann das große Abenteuer, die Ausfahrt mit Mutter zum Brötchenmann.

Beinahe hätte sie bereits am Garagentor ein verfrühtes Ende gefunden, denn wir hatten beide vergessen, das Tor vorher zu öffnen... Doch solche Tore sind wahrscheinlich nicht für die Ewigkeit gedacht, denn unseres bevorzugte es, recht rasch nachzugeben. Wenngleich nicht ganz lautlos...Ich habe dann mal lieber erst gar nicht gebremst und staunte selbst, wie schnell man doch so einen Audi beschleunigen kann. Auch staunte ich über mein Reaktionsvermögen, denn als das Hoftor vom Nachbarn gegenüber sich uns bedrohlich näherte, riss ich das Lenkrad noch in letzter Sekunde herum, so dass letzten Endes nur ein paar Blumentöpfe durch die Luft flogen. Mutter schien von alledem eher unbeeindruckt, obwohl sie in der heftigen Rechtskurve fast auf meinem Schoß gelandet wäre. Im Gegenteil, ihr ausgestreckter Arm, der mir unmissverständlich die Richtung weisen sollte, schwenkte bei diesem Manöver nur kurz wie eine irritierte Kompassnadel, um sich sofort wieder neu zu justieren. Dann kamen wir in ruhigeres Fahrwasser. Der Weg führte uns durch eine nette Gegend, die mich an irgendwas erinnerte. Niedliche Reihenhäuschen mit Gartenzwergen in den Vorgärten und noch immer hochgeklappten Bürgersteigen. Hier in dieser Ecke schien wirklich der Hund begraben zu sein...

Mutter hatte dann plötzlich die Idee, die Runde doch noch etwas auszudehnen. Diesmal habe ich *sofort* auf sie gehört. Wir kamen durch eine herrliche Baumallee und die ersten Sonnenstrahlen tänzelten gerade durch das Blattwerk auf die Straße. Nur das Kopfsteinpflaster schien Mutter nicht zu behagen. Schon war ihr der Hut vom Kopf gerutscht und ich erkannte diese tiefe Falte zwischen ihren Augen...die in Kürze zum Tiefseegraben auswuchs...Was hatte sie denn nun schon wieder?

Der Ärger schien unvermeidlich...

Da entdeckte ich das Unheil...nicht ich war der Grund für ihren Unmut...sondern keine drei Meter vor uns überquerte ein Elefantenbulle die Fahrbahn...

„Bremmm-seeen!"

Mutters Schrei und meine Schutzreflexe setzten gleichzeitig ein. Doch es war bereits zu spät. Noch während wir Bekanntschaft mit dem Gefühl der negativen Beschleunigung machen konnten, verspürte ich einen Schlag gegen meinen Brustkorb. Ich erwartete allerdings, als ich die Augen wieder öffnete, den Elefanten auf meinem Schoß zu haben...doch der war weit und breit nicht zu sehen.

Der Audi hatte nicht einmal eine Delle, die Motorhaube, selbst der Spoiler und die Beleuchtung waren noch heil...und meine Mutter natürlich auch. Spätestens, als ich wieder ihre schnarrende Stimme vernahm, wusste ich von ihrer Unversehrtheit.

„Ich glaube, der war nicht echt", konstatierte sie, während sie um das Auto herumlief. „Den haben wir uns nur eingebildet. So was gibt es doch gar nicht! Wir sind einfach durch dieses Viech hindurch gefahren ohne einen Kratzer...und...und nun...nun isser weg."

Sie war tatsächlich fassungslos. Ich aber auch.

Wenn das so war, dass wir unbeschadet durch die Dinge, die wir sahen, hindurch fahren konnten, so musste sich das ja auch wiederholen lassen...

Mutter fand diese Idee sehr gut. Wir haben es dann gleich noch einmal mit einer fliegenden Elchkuh, einer Windmühle, die ein Stück wegeinwärts auf einer Anhöhe stand und einem

Langhals versucht. Und es funktionierte immer wieder und machte solchen Spaß! Die Brötchen und den Bäcker hatte Mutter bald vergessen. Ich kann mich schon nicht mehr erinnern, wo wir überall herumgekurvt sind. Wir steuerten die verrücktesten Dinge an, hielten mit voller Geschwindigkeit darauf zu und immer genau dann, wenn wir einen Rums erwarteten, paff peng, da zerplatzte alles wie eine Seifenblase. Ja, das klappte also immer wieder und wieder...

Bis auf eine einzige Ausnahme und deshalb sind nun alle diese Leute hier um mich herum...

Dabei sollte das der Höhepunkt werden...

Mitten auf dem Acker, in einer Senke entdeckten wir diesen silbern glitzernden See. Den Dreimaster erspähte Mutter jedoch zuerst. Und die Idee kam auch von ihr...

„Komm, Junge, noch ein letztes Mal! Lass uns richtig Anlauf nehmen, los gib noch mehr Gas! Mit diesem Schwung sollten wir es bis rüber zum Schiff schaffen..." Noch während ihre Lippen das Doppel-FF von Schiff formten, hoben wir von der kleinen Kuppe ab...und segelten elegant mindestens, aber mindestens zwanzig Meter durch die Luft.

Das war so ein Moment, wo alles wie in Zeitlupe abläuft und man die Dinge ganz intensiv wahrnimmt...ich sah uns z.B. einen Vogel überholen und kann mich noch sehr genau an seinen irritierten Blick erinnern...dann gewahrte ich den

Großmast, der sich direkt auf uns zu bewegte...und ich dachte noch, wie schade, dass wir ausgerechnet ihn treffen müssen...

Dann hörte ich das Holz splittern, zumindest meinte ich es zu hören. Denn mittlerweile weiß ich, dass ich es mit einem anderen Geräusch verwechselt haben musste. Dem Geräusch, das eine Wasseroberfläche von sich gibt, wenn sie plötzlich von einem größeren Gegenstand getroffen wird. Wie zum Beispiel von einem Auto. Meinem Auto. Mit mir und Mutter darin.

Ich hätte wirklich nichts gegen eine Tauchfahrt gehabt. Deshalb war ich richtig enttäuscht, als all diese Leute ein Rettungsmanöver einleiteten...Woher kamen die überhaupt so schnell? Und warum verschwanden sie nicht genauso schnell wieder, wie der Elefant, die Windmühle und das Segelschiff?

Da hatte ich also nun den Schlamassel und genau in diesem Moment, wo der Ärger heraufzog, ließ mich meine Mutter im Stich, in dem sie sich aus dem Staub machte...Ich war sooo sauer...

Ich muss wohl sehr geflucht und geschimpft haben, vielleicht habe ich mich auch zu sehr verteidigt, sonst hätten sie wohl nicht die Polizei und das Weißkittelgeschwader geholt....

und ich hätte wohl sonst auch nicht diese Spritze bekommen...

Ich wollte noch sagen: „Lasst, ich kann das alleine!", doch dann schwebte ich auf einer hellgrünen Wolke davon...

Anna

„Herr Doktor, wie geht es ihm denn jetzt? Kann ich zu ihm rein?

Ach so...er schläft...die Medikamente wirken noch...ach, herrje...Was ist da heute bloß passiert?

Wochenlang ging alles mehr oder weniger gut und wir sind alleine miteinander klar gekommen. Obwohl ich am Anfang doch sehr große Angst hatte...

Sicher, der Alltag wurde schwieriger, es fällt so schwer jeden Tag ein Stück von ihm abgeben zu müssen. Aber es gab auch gute Momente und manche waren sogar echt komisch...

Aber der heutige Tag hat wieder ein Kapitel zugeschlagen... und ein neues, vielleicht beängstigendes geöffnet.

Ich war naiv, habe wirklich geglaubt, es könnte, würde so weitergehen und vielleicht sogar zum Stillstand kommen, ja, ganz tief in mir drin muss ich das wohl angenommen haben...

Ich glaube, ich habe eine ganze Menge auch gar nicht mitbekommen, zum Beispiel das mit den Halluzinationen...

Sicher, manchmal hat er so vor sich hingemurmelt, als würde er mit jemandem reden oder er hat so sonderbar irgendwohin gestarrt, als wäre da etwas...etwas, das nur er sehen konnte, aber ich habe das nicht begriffen, habe gedacht, er sei nur ganz tief in sich versunken...

Ja, und heute Morgen sind wir, Johanna, meine Enkelin und ich durch einen lauten Knall aus dem Schlaf gerissen worden, es war noch nicht einmal richtig hell...

Als ich dann Johannes nicht in seinem Bett liegen sah und auch sonst nirgendwo im Haus finden konnte, wusste ich, dass es passiert sein musste...

Das Garagentor stand offen, vielmehr das, was noch von ihm übrig war, hing noch in den Angeln und quietschte hin und her...Wie hatte er nur den Autoschlüssel finden können! Wir hatten ihn doch so gut versteckt! Wochenlang war das Auto kein Thema mehr gewesen und ich hatte schon daran geglaubt, er hätte es tatsächlich vergessen...

Ja, und das ist auch so ein Punkt, das mit dem Vergessen. Auch da hatte ich mich geirrt. War ich doch der Meinung gewesen, das Vergessen sei ein stetiger Prozess so etwas wie ein Löschvorgang im Computer...das, was weg ist, ist weg, ein für alle Mal...

Wie oft habe ich das jetzt schon anders erlebt...irgendwann tauchten Erinnerungen wieder aus der Versenkung auf und oft so unerwartet, so überraschend, dass die Normalität zum Greifen nahe war...wie eine Luftblase, die es vom dunklen Meeresboden wieder an die Wasseroberfläche schafft...und dort zerplatzt...wie meine Hoffnung, meine Hoffnung, es könnte wieder bergauf gehen.

Ach, warum konnte es nicht noch eine Weile so bleiben? Ich habe die letzten Wochen wirklich sehr intensiv wahrgenommen, habe versucht, die guten Momente mit ihm ganz intensiv zu auszukosten, irgendwie so, als hätte ich geahnt, obwohl sich schon so vieles verändert hatte, als hätte ich geahnt, dass sie die sogenannte Ruhe vor dem Sturm waren.

Die guten Augenblicke...ja.

Da war zum Beispiel dieser wunderschöne Vormittag im Garten... unsere Enkelin spielte Gitarre und wir sangen dazu...auch er...keine Ahnung, woher er die ganzen Liedertexte hervorkramte, aber er sang fehlerfrei die ganze Zeit mit und das mit solcher Lebhaftigkeit...und dann kam ein sehr schöner Moment, der schönste seit vielen Jahren...Er hat mich in den Arm genommen und wir haben zusammen getanzt!...Ganz eng!...Solche Gefühle kannte ich gar nicht mehr...es war wieder wie früher...ich habe ihn angehimmelt...und ich habe es auch in seinen Augen gesehen, dieses alte Feuer...das ging mir so durch und durch...

Ich, ich hatte in diesen Minuten wirklich ganz vergessen, dass wir beide längst über siebzig sind und, dass der Alzheimer uns immer und immer mehr trennen würde...

Ein bisschen Alzheimer würde mir manchmal auch gut tun...

Tja, und dann kommen solche Tage wie heute...oder der, als er früh im Schlafanzug mit Unterwäsche darüber und mit völlig zerschnittenem Gesicht zum Frühstück erschien...

Wissen Sie, wie schwer es ist, jemanden auf Fehlerhaftes, auf Defizite hinzuweisen, ohne ihn zu demütigen? Ich komme sooft an meine Grenzen... Ein Glück nur, dass Johanna da ist, sie baut mich dann wieder auf. An jenem Morgen hatte er doch tatsächlich versucht, sich selber wieder einmal zu rasieren... Sie hätten mal sein Gesicht sehen sollen...ich hatte so einen Schrecken bekommen, bis ich verstanden hatte, was passiert war. Das Blut war schon auf sein Hemd getropft. In diesem Moment kamen mir -so paradox das klingt- seine zitterigen Hände als Ausrede dafür, dass ich ihm von nun ab helfen müsse, wie gerufen. Ja, mit seiner Koordination stimmt auch irgendwas nicht mehr so richtig...Er ist so tollpatschig geworden, so ungelenk und dann manchmal dieses hippelige Laufen, so als ob er auf den Startschuss warten würde...Und manchmal, da habe ich den Eindruck, der Kopf ist schneller als die Beine, da stürzt er so nach vorne los und seine Beine haben noch gar keinen Befehl bekommen.

So war es auch am Tag des missglückten Antrittsbesuches von Schwester Dorothea, die sich seit diesem Tag weigerte, wiederzukommen - zum Glück - Schwester Josephine hat er dann sofort akzeptiert...

Ja, also an dem Tag machte er auch diese komischen Trippel-
schritte und fiel deshalb zum ersten Mal der Länge nach hin.
So etwas kommt jetzt schon öfter vor...aber das ist so unbere-
chenbar, das mit seiner Beweglichkeit...

Aber, um noch mal auf diesen Tag mit der Schwester
Dorothea zurückzukommen...das war ein ganz schlimmer Tag.
Für uns alle. Es lief einfach alles sehr unglücklich...Die doch
recht unsensible Dorothea hat seine Krankheit zum ersten Mal
zur Sprache gebracht...wir waren nicht darauf vorberei-
tet...und er, er hatte bis zu diesem Zeitpunkt wohl noch nicht
einmal geahnt, was mit ihm vorging...ich hätte es mir so ge-
wünscht, es behutsamer machen zu können...

Sie hätten sein Gesicht sehen sollen! Er ist ganz blass gewor-
den...und die Enttäuschung in seinen Augen, er muss sich so
hintergangen gefühlt haben! Und das zu recht! Ich habe mich
so schlecht gefühlt, konnte ihm gar nicht in die Augen gu-
cken...Aber er hat in diesem Moment alles verstanden, sein
Blick war so erschreckend klar! Wie muss das sein, für ein sich
zerstörendes Gehirn, eine Erkenntnis solcher Tragweite zu
erfassen! Ob es noch weiß, dass es einmal selbst versucht hat
diese Erkrankung zu entschlüsseln und zu behandeln?

In den letzten Wochen hat Johannes komischerweise kaum
noch von der Arbeit gesprochen, auch nicht mehr davon,
wieder zurück in die Klinik zum Dienst zu müssen. Dass mit

der sonderbaren Urlaubsgenehmigung war ab dem Tag seiner Heimkehr vergessen...

Dabei hatte er an dieser Idee, wieder als Arzt zu arbeiten, so lange festgehalten...das hätte sich doch noch tiefer bei ihm einbrennen müssen...Aber das ist das, was ich nicht verstehe, manches zerplatzt wie eine Seifenblase unwiderruflich und ohne nachzuhallen und andere Sachen tauchen so unerwartet von irgendwoher auf...

Stellen Sie sich das mal vor: Er bringt die Reihenfolge beim Ankleiden durcheinander, zieht zum Beispiel den Schlüpfer über den Kopf und dann auf einmal ist er in der Lage, den Computer zu bedienen und über das Internet Konzertkarten für Vivaldi zu bestellen...

Wenngleich für ein Konzert in Oslo...in Oslo!

Naja, wir haben dort in der Nähe Verwandtschaft, das ließ sich also wieder gerade biegen...und trotzdem, ich war so gerührt! Vielleicht hatte er das ja gehört, wie ich den Wunsch, mal wieder in ein Konzert zu gehen, gegenüber Johanna geäußert habe. Dass er sich das wiederum über mehrere Stunden merken konnte!

Diese kleinen Wunder sind unbezahlbar!

Sagen Sie mal, gibt es für so etwas auch eine wissenschaftliche Erklärung? Wie geht das zusammen? Geistiger Verfall und Geistesblitze dieser Art nebeneinander? Ist das wie ein letztes

Aufleuchten von Gedächtnisverbindungen zu sehen, bevor sie ganz durchschmoren? Oder muss man das wie kleine noch funktionierende Inseln sehen, ohne Kontakt zueinander inmitten eines dunklen Ozeans, die ab und an noch Signale in den Äther schicken?

Gibt es wirklich keine Möglichkeit, diese Inseln der Normalität vorm Untergang zu bewahren? Kann man diesen Prozess wirklich nicht stoppen? Wenn man doch das, was noch da ist, einfach auf einen anderen Datenträger kopieren könnte, wo doch heute in allen Bereichen schon so viel möglich ist!

Glauben Sie mir, ich bin so verzweifelt, weil ich völlig hilflos zusehen muss, wie mich mein Johannes Stück für Stück verlässt, wo er doch äußerlich so unversehrt ist. Mein Verstand kann das einfach nicht fassen. Wenn ich ihn so ansehe und ihn berühre, ist er doch immer noch derselbe. Auch seine Gesten und all das... es ist so vertraut, dass sich alles in mir sträubt, zu glauben, was da passiert.

Tja, und dann kommt so ein Tag wie heute und holt einen unvermittelt auf den Boden der Tatsachen zurück...aus und vorbei ist's mit der Träumerei und den Hoffnungen.

Nun ist er also wieder hier...hier im Krankenhaus.

Er hat das vorhin alles überhaupt nicht verstanden, er schien so völlig außer sich! Wie muss das doch schrecklich sein, wenn man Realität und Trugwahrnehmungen nicht mehr auseinander halten kann. Wenn man zwischen den reellen

Personen und den selbst ersponnenen nicht unterscheiden kann. Wenn alle etwas anderes von einem wollen und jeder ein anderes Verständnis von Recht und Ordnung hat.

Mein Gott, ein Glück nur, dass ihm selbst nichts passiert ist! Bei dem Schaden, den er angerichtet hat! Und dass die Polizei kommen musste, wo er doch immer so akkurat und gegen jede Art von Verstoß war...dass er wie ein Verbrecher abgeführt werden musste...welche Demütigung! Dabei hat er sich doch nur gewehrt, weil er aus der Welt heraus, in der er sich zurzeit befindet, absolut bedroht gefühlt haben musste...

Wissen Sie eigentlich, was er erlebt hat? Er erzählte mir, er wäre mit seiner Mutter unterwegs gewesen, sie hätte ihn zu alledem angestiftet, hätte verlangt, dass er mit ihr eine Spritztour mit dem Auto unternehmen sollte. Muss ihm denn nicht klar gewesen sein, dass seine Mutter gar nicht mehr lebt, leben kann, wo er doch selbst schon so alt ist?

Können Sie diese Halluzinationen denn behandeln? Dass sie ihm wenigstens diese Quälerei nehmen...

Ach so, Sie glauben, dass er nicht so viel von solchen Medikamenten verträgt! Oh je! Was nun? Haben Sie noch was anderes?

Ach so, Sie glauben das nur. Das ist nur so ein Verdacht, dass er es nicht vertragen könnte...dass er gar nicht den Alzheimer, sondern eine andere Demenzform hat?

Was, noch mehr Tests?

Und Sie denken schon wieder über eine Rückenmarkspunkti-
on, nach?

Nein? Keine Rückenmarks-punktion? Was zapfen Sie denn
dann ab? Ich dachte immer, dass das Rückenmark untersucht
wird...

Ach so. Nur Hirnwasser nehmen Sie also ab? Kann man das
denn darüber herausbekommen?...

Bringt denn ein anderes Ergebnis eine andere Behandlungs-
möglichkeit mit sich? Ist es dann wenigstens heilbar?

Nein?
Oh Gott, ist das heute ein schlimmer Tag!"

TEIL 3

Johannes

Wo bin ich hier eigentlich? Ich bin gerade aus meinem Zimmer herausgegangen, um nachzusehen. In meinem Zimmer stand noch ein zweites Bett. Das hat mich gewundert, weil mir ja eines eigentlich reicht. Oder? Vielleicht ist der Gedanke gar nicht so dumm. Vielleicht mache ich in dem einen Mittagsschlaf und in dem anderen schlafe ich nachts. Dann hält die Bettwäsche länger. Was wollte ich denn bloß gerade? Ich stehe in der Tür und überlege, ob ich mich lieber ins Bett legen oder mal ein Stück aus dem Zimmer rausgehen sollte. Aber es ist so dunkel. Wer weiß, wo ich dann lande, wenn ich nichts sehe. Aber da hinten ist ja ein Licht. Wie schön! Ich finde an der Wand sogar ein Geländer zum Festhalten. Das ist gut. Irgendwie halten meine Beine heute nicht richtig. Ob Anna das mit dem Geländer war? Aber es sieht irgendwie nicht so aus wie zu Hause. Obwohl, ich mir mein zu Hause im Moment gar nicht richtig vorstellen kann. Aber ich glaube wir haben ein Häuschen, so eins mit Giebel und rotem Dach. Ich schließe die Augen und suche nach einem Bild in meinem

Kopf. Aber ich sehe so viele Häuser, welches ist es denn nur? Solche Sachen können einen ganz verrückt machen.

Autsch, jetzt bin ich gegen etwas gestoßen. Also Augen wieder auf. Mitten auf dem Gang steht ein Ding mit vier Beinen. Ob es sich bewegt? Ich warte, doch es tut sich nichts. Ich fühle mit der Hand darüber, obwohl ich zuerst ein wenig Angst davor habe. Zum Glück passiert nichts. Das Ding ist hart und hat eine glatte, kühle Ober...Ober...Oberhaut. Das ist lackiertes Holz. Vielleicht könnte man etwas darauf stellen? Oder es ist zum Setzen da? Nein, dafür ist es zu hart. Mmm? Was mache ich hier eigentlich? Und warum ist hier niemand?

„Hallo!", rufe ich. „Hallo! Ist da wer?"
Und weil nicht gleich jemand antwortet, bekomme ich Panik. Deshalb rufe ich noch lauter.

„Hallo! Hallo!"
Dann endlich, erscheint eine Gestalt, die ich aber nicht gleich erkenne, weil ich gegen das Licht schaue.

„Herr Köberlein? Sind Sie das?" meldet sich eine angstnehmende Stimme.

„Herr Köberlein, wo wollen Sie denn hin? Vielleicht auf die Toilette?"

Es ist eine junge Frau mit roten Haaren und einem weißen Kleidchen, sie sieht zum Anbeißen aus, wenn die roten Haare nicht wären, und hakt mich gleich unter.

„Warten Sie, ich zeige es Ihnen."

Was will sie mir denn zeigen? Aber sie scheint es genau zu wissen, denn sie führt mich zielstrebig, wo auch immer, hin. Jetzt sehe ich, was sie meinte.

„Aber nein", sage ich. „Ich muss nicht. Ich wollte mir nur ein bisschen die Beine verdingsen…und…und ehm was trinken."

„Also gut. Warten Sie hier. Ich hole Ihnen etwas, Herr Köberlein. Bin sofort wieder da. Setzen sie sich doch!" Und schon hat sie mir einen Dings zum Sitzen untergeschoben. Ich nutze die Zeit und schaue mich weiter um. Ein langer Gang und ich sitze so ziemlich in der Mitte. In der einen Ecke ist es sehr dunkel und in der anderen heller. Dorthin ist die Schwester verschwunden mit ihren klackernden Schuhen. In der Nacht sollte sie nicht solche Klackerdinger tragen, da macht sie ja alle wach. Das muss ich ihr mal sagen. Warum lässt sie mich denn hier eigentlich alleine? Das ist nicht in Ordnung! Deshalb entschließe ich mich, ihr zu folgen. Ich ziehe mich am Geländer entlang, das kann ich sogar mit beiden Händen! Wenn ich die Knie dabei durchdrücke und die Füße zusammenschiebe, rutschen meine Füße in den Latschen wie auf Eis. Das ist lustig. Aber ganz schön anstrengend! Ich habe schon zwanzig Meter geschafft, als mir die Knie einen Strich durch die... die Teilung machen. Sie werden weich und knicken ein. Schwupp, schon sitze ich auf dem Fußboden, bin einfach so nach unten gerubbscht. Na dann bleibe ich eben unten, dann kann ich wenigstens nicht mehr fallen. --- Huch, wer kommt denn da?

Ein roter Wuschelkopf entdeckt mich und im selben Moment stürzt er auf mich zu. Habe ich was falsch gemacht?

„Herr Köberlein, Herr Köberlein! Alles in Ordnung? Können Sie mich hören?"

Warum sollte ich nicht? Sie schreit ja schon das ganze Haus zusammen. Wenn sie die Nachbarn weckt, gibt es wieder Ärger.

„Was ist denn nur passiert? Geht es Ihnen nicht gut? Sie sehen ja ganz rot und verschwitzt aus?", fragt sie weiter, gleichzeitig hält sie mir ein Glas Wasser vor die Nase.

Diese jungen Dinger, das müssen sie noch lernen, denke ich. Man kann doch immer nur eine Frage beantworten und nicht noch gleichzeitig trinken. Wie denkt sie sich das überhaupt? In meinem Kopf fängt es schon an zu wirbeln. Da ich sowieso ihre Fragen schon wieder vergessen habe, entscheide ich mich, erst einmal zu trinken. Sie soll nicht merken, dass sie mich ganz durcheinander gebracht hat. Zwischen den Schlucken textet sie mich weiter ein.

„Schön, trinken Sie, das wird Ihnen gut tun…und dann versuchen Sie mal aufzustehen….oder tut Ihnen was weh…sonst muss ich den Doktor rufen…"

„Pah, den Doktor rufen", sage ich darauf empört. „Ich bin topfit, noch tiptop wie, wie ein Schuh, ein Turnschuh." Das leere Glas drücke ich ihr zurück in die Hand und bemühe mich, mit Schwung wieder auf die Beine zu kommen. Den Schwung habe ich, aber die Beine kommen nicht mit, sie rutschen nach vorn und ich liege nun auf dem Rücken ausgestreckt wie ein Käfer. Die Schwester hat vor Schreck das Glas fallen lassen.

„Was haben Sie denn hier für einen blöden Fußboden, ist ja glatt wie Eis!", schimpfe ich. „So etwas ist doch gar nicht zugelassen. Den sollten Sie neu machen! Holen Sie doch mal den Hausmeister her!"

Mit einer Drehung komme ich auf die Knie und schaffe es so, mich aus dem Vierfüßler nach oben zu drücken. Das rote Mädchen zieht mich mit hoch. Dann ist auch das geschafft. Während ich mich noch etwas wackelig an der Wandstange festhalte, schiebt sie mir etwas zum Sitzen unter, ich plumpse erleichtert nach hinten und schwupp, schon werde ich herum gerollt. Das ist ja wie ein Auto. Huuii! Da geht ja richtig die… da geht die…die…ganz schön ab.

„Entschuldigen Sie junge Dame, könnten Sie mich bitte gleich bei dieser Angelegenheit noch einmal zur Toilette rollen? Ich habe... ich müsste...müsste da mal was loswerden".

*

Irgendwann ist alles geschafft und ich liege wieder in einem knuscheligen Bett und überlege, wie ich darein geraten bin. Ich wundere mich zwar, finde aber, dass das jetzt der richtige Ort für mich ist, weil sich alles so angenehm schwer anfühlt. Arme, Beine, Kopf und Lider. Ich mache sie zu und schon merke ich diese Bettwohligkeit und fühle mich zufrieden und selig wie ein kleiner Junge...warm und weich, weich und warm, warm und weich und dann tauche ich in diesen molligen Ozean hinab.

16. Juni

Ich bin hier wahrscheinlich in einer Art Sanatorium oder einem Kurheim, jedenfalls so was wie ein Patientenhaus. Keinesfalls müssen wir den ganzen Tag im Bett bleiben. Das ist mir gleich aufgefallen. Manche laufen herum, manche sitzen und unterhalten sich und andere wirtschaften mit irgendetwas herum. Gerade waren wir alle zusammen in einem großen Raum mit vielen Tischen, wir saßen da und haben, haben...ja was haben wir gleich gemacht? Ich glaube, wir haben was gewerkelt oder haben wir gemalt? Wenn ich das doch bloß noch wüsste! Alles ist immer so schnell weg! Was ist nur mit mir los? Das rauscht einfach alles so durch bei mir. Irgendwas mit meinem Kopf funktioniert überhaupt nicht mehr. Vielleicht werde ich krank? Oder bin es schon? Das muss ein Virus sein, der mein Hirn vernebelt und mein Gedächtnis langsam ausschaltet. Ich glaube, darüber habe ich mal was gehört. Ich suche und suche in meinen Erinnerungen, es ist zum Greifen nahe…es hat etwas mit dem Vergessen zu tun. Da gibt es eine Krankheit… ja doch…Mann oh Mann! Warum komme ich nicht auf den Begriff? Dieser blöde Kopf!! Ich muss unbedingt mal zum Arzt, da kann man doch Untersuchungen machen. Ich brauche unbedingt Hilfe! Was soll sonst werden?

Ein Bild flammt plötzlich vor meinem inneren Auge auf, eine Zeichnung mit einer Kanüle zwischen den Wirbelkörpern…es tropft daraus in ein Röhrchen…wo kommt das Bild her? Das sagt mir doch was! Dieses Wasser kann man untersuchen…ja untersuchen im Labor…ich merke, wie wieder einige Verbindungen in meinem Hirn hergestellt werden. Mein Gott ist das alles mühsam! Wasser im Röhrchen…gleich habe ich's! Wasser? Hirnwasser! Mein Gott, na klar! Das kann man auf Demenz hin untersuchen. DEMENZ. Das schlimme Wort. Vergessenskrankheit. das muss es sein, was ich habe. Ich? Warum gerade ich? Ich merke wie meine Knie weich werden und Panik in mir hochsteigt. Meine Hände umklammern mit letzter Kraft die Geländerstange. In meinem Kopf dreht sich alles. Ich brauche dringend medizinische Hilfe...ich will so nicht enden! Nein! Nein! Nein!

„Hilfe! Warum hilft mir denn keiner?", versuche ich noch zu rufen. Dann wird alles dunkel.

*

Als ich die Augen öffne, ist ziemlicher Tumult um mich her. Ich sitze an die Wand gelehnt im Flur –in was für einem Flur? Ein dicker Schlauch um meinem Arm wird gerade von einem Pfleger aufgepumpt. Dann ist da eine Frau mit Kittel spritzt mir etwas und baut einen durchsichtigen Schlauch an eine Kanüle.

„Er wird wieder wach", sagt sie zum Pfleger gewandt. Ist sie eine Ärztin?

„Herr Köberlein, Herr Köberlein, können Sie mich hören? Es ist alles wieder in Ordnung. Das war nur eine Kreislaufschwäche. War es Ihnen schwarz vor Augen?"

„Wie soll ich das wissen, ich habe doch gerade erst das Licht der Welt erblickt.", gebe ich von mir. „Klar war es vorher dunkel, zumindest nehme ich das an. Ich habe nämlich überhaupt keine Ahnung, was ich hier mache."

Die beiden vor mir grinsen breit und der junge Mann klopft mir auf die Schulter.

„Na, das ist ja wieder ganz der Alte!", meint er fröhlich. Dann hieven mich beide hoch in mein Bett. Der Sack mit der Flüssigkeit baumelt an einem Ständer und der dünne Schlauch hängt an meinem Arm.

„Das scheint Ihnen wohl in letzter Zeit öfters zu passieren.", stellt die Ärztin fest und setzt sich auf die Bettkante. „Ihre Frau hat uns auch schon von mehreren Stürzen erzählt. Ihr Kreislauf ist sehr empfindlich, vor allem jetzt, wo sie Medikamente bekommen müssen."

„Medikamente?", frage ich. „Wozu sollen die gut sein, wenn sie meinem Kreislauf schaden?"

„Das ist immer gar nicht so einfach", beginnt sie. „Die Behandlung ist wirklich gar nicht einfach. Das ist, ist...das muss man sich wie eine Gratwanderung vorstellen. Und der Grat ist sehr schmal, links und rechts davon schauen Sie in die Tiefe. Auf der einen Seite lauern die schlechten Träume und die Wahnvorstellungen und auf der anderen die Nebenwirkungen wie das Schwindeligsein. Das ist alles eine Frage der Dosis, wo sie sich gerade befinden."

„Irgendwie sagt mir das was", gebe ich zurück und von irgendwo her winkt ein Zipfelchen einer Erinnerung...und da ein Lichtblitz!

„Lepti...Neurolepti...Neuroleptika", stammele ich und bin glücklich, dieses Wort wiedergefunden zu haben. Damit behandelt man Wahnvorstellungen.

„Woher weiß ich das bloß?"

„Ich denke", sagt sie mit einem kümmerlichen Lächeln. „Sie wissen noch eine ganze Menge. Es fehlt Ihnen, fehlt Ihnen gewissermaßen nur der Zugang dazu...und", fügt sie mit einem Zögern hinzu. „und Sie haben dieses Wissen, weil, weil Sie selber, selber Arzt waren..." Das sagt sie mit einer so tiefen Traurigkeit, dass es mir zuerst durch und durch geht und erst dann verstehe ich, dass Sie da von mir geredet hat.

Mir ist als würde ich in ein sehr tiefes Loch fallen.

Am Abend

„Einen Schnaps?", frage ich die Schwester ungläubig. „Ich bekomme einen Schnaps? Was für einer ist das denn?" Sie hätte ihn mir wenigstens in ein Gläschen füllen können.

„Das ist eine spezielle Sorte. Wird nur für unser Haus hergestellt."

„Ach, Sie haben da Beziehungen?" erkundige ich mich. „Könnte ich da auch mal bestellen?"

„Kosten Sie doch erst einmal. Das ist so eine Art Schlummertrunk. Beruhigt die Seele…nimmt böse Träume.", preist sie ihr Produkt an. Ich bin also bei einer Schnapsverkostung. Warum nicht? Beherzt nehme ich das Recherchen und kippe die etwas klebrige Flüssigkeit mit Schwung herunter. Das war nicht schlecht. „Bekomme ich noch mehr?", erkundige ich mich. Jetzt lacht die Dame vor mir.

„Aber Herr Köberlein, so hätte ich Sie gar nicht eingeschätzt! Nein, nein. Nur jeden Abend ein Schlückchen. Wir wollen es ja nicht übertreiben! Schauen Sie mal, ob sie damit besser schlafen können, als vorige Nacht."

„Und wenn nicht, bekomme ich dann einen anderen Schnaps? Ich würde gerne alle Sorten mal durchschlucken." Sie grinst mich schief an und schiebt mich sanft ins Bett. „So viele gibt's da gar nicht mehr", sagt sie noch. „Sie haben schon so ziemlich die gesamte Palette probiert. Sie vertragen einfach *nichts*!"

21. Juni

Ich staune jeden Tag, wie viele alte Leute hier so sind. Aber jetzt sehe ich sie mal alle auf einmal. Wir sitzen uns in einem großen Stuhlkreis gegenüber. In der Mitte scharren nur die

Füße. Sonst ist es still. Ein Mann schräg vor mir versucht sein Stuhlbein abzumontieren, was ihm aber nicht gelingt, weil er selbst ja noch auf dem Stuhl sitzt.

Die meisten Gesichter sehen müde aus. Bestimmt haben sie schlecht geschlafen. Es sieht so aus, als müssten wir hier bleiben und warten. Bloß worauf? Dann endlich tut sich etwas. So eine Art Unterhalter kommt herein und lässt alle Eingedösten wieder aufschrecken. Es ist ein junger Mann, den ich neulich schon mal gesehen haben muss. Er setzt sich zwischen zwei mollige Damen, die den einzig freien Platz zuvor mit ihrer Molligkeit verdeckt hatten. Er schmettert jetzt: „Einen schönen guten Morgen!" in den Raum. Ich schaue nach, ob er etwas mitgebracht hat. Vielleicht machen wir ja Musik! Das wäre schön. Aber ich sehe keine Musikmacher, keine Instru…Instruhempomente. Er hat überhaupt nichts bei sich. Jetzt bin ich ziemlich enttäuscht. Nicht, dass er vorhat, einen Hockersport mit uns zu machen! Habe ich eigentlich schon gefrühstückt? Ich überlege. Gerade, als ich einer Antwort sehr nahe bin, werde ich von dem jungen Mann angesprochen. Er will wissen, ob er seine Frage noch einmal für mich wiederholen soll. „Na von mir aus gern!", gebe ich zur Antwort. „Aber Sie müssen nicht."

Mit einem Lächeln wiederholt er nun doch: „Herr Köberlein, mich interessiert, wie es Ihnen heute geht und ob Sie Lust auf ein Spiel hätten."

„Ach", seufze ich. „Ich glaube ich fühle mich heute nicht. Spielt mal ohne mich. Ich schaue lieber zu." Ich denke mal, er müsste jetzt sauer sein, aber er lächelt immer noch und meint, das sei in Ordnung. Dann holt er riesige Karten mit Bildern auf der einen Seite und schichtet sie verkehrt herum auf dem Boden in Längs- und Querreihen, immer vier nebeneinander. So etwas habe ich schon einmal gesehen, nur kleiner. Als er fertig ist, erklärt er die Spielregeln. Er sagt, dass das Spiel Memory heiße und jeder immer zwei Karten umdrehen dürfe. Wenn jemand zwei gleiche Karten aufdecke, dürfe er sie behalten, wenn nicht, dann müsse er sie wieder verkehrt herum an seinen Platz zurücklegen. Ich beobachte, wie alle der Reihe herum einmal dran sind und sich Tipps zurufen, kaum dass eine Karte offen da liegt. Noch hat keiner ein Pärchen erwischt. Es geht mir einfach zu schnell. Kaum sind die Karten wieder mit dem Gesicht nach unten, schwimmt die Erinnerung daran fort. Das ärgert mich. So werden wir ja nie fertig! Ich überlege mir deshalb eine Taktik. Ich werde mich auf eine bestimmte Karte konzentrieren und warten, bis jemand diese eine, z. B. in der rechten oberen Ecke aufdeckt. Und genau die werde ich mir dann merken. Ich muss nur immerfort still wiederholen, was ich gesehen habe, dann kann mir das Bild nicht mehr entwischen. Rechte obere Ecke. Da, jetzt dreht sie jemand um! Eine Katze, eine Katze, eine Katze brummele ich vor mich hin. Eine Katze sitzt in der rechten oberen Ecke. Sie wird warten, bis die andere Katze zum Vorschein kommt, dann wird meine Katze zuschlagen. In der rechten oberen Ecke sitzt meine Katze, *meine Katze!* Das klingt schon fast wie ein Kinderreim: Meine Katz heißt Mohrle, hat ein schwarzes Ohrle... Ich summe fröhlich das Katzenlied in der Endlosschleife vor mich hin. Schwarzes Ohr, rechte obere Ecke. Das ist ja wie beim Fussball, rechte obere Ecke...bin ich ein Torschütze? Was wollte ich doch gleich? Ein Tor schießen? Rechte obere Ecke. Ich schaue auf die Karten am Boden. Gerade wird von meiner Nachbarin eine dicht vor meinem Fuß herumgedreht. Ich starre auf eine schwarze Katze. Die Katze starrt mich an. Schwarz...schwarzes Ohrle, es klickt bei mir! Mohrle schießt den Ball in die rechte obere Ecke...kann ich ihn fangen? Ich gebe mir alle Mühe, strecke mich soweit ich kann, hechte, fliege. Da, ich kriege ihn zu fassen. Meine Finger umschließen...umschließen statt einem Ball eine Karte. Einen kurzen Moment bin ich völlig irritiert.

„Na, los, drehen Sie sie um!" , ruft das Mütterchen neben mir. Umdrehen, ach ja. Meine Verblüffung ist groß. Schon wieder eine schwarze Katze? Zwei Katzen, ja endlich, das ist es!

„Hurra!" erschallt es ringsum und der junge Mann freut sich auch: „Ein Treffer! Herrlich! Herr Köberlein, Sie haben einen Treffer gelandet!"

Einen Treffer? Wie geht das denn jetzt zusammen? Hat man das schon mal erlebt, dass jemand mit einer schwarzen Katze ein Tor geschossen hat?

Ich sitze vor einem dieser großen Fenster im Gang und schaue nach draußen in den Regen. Die Wassertropfen laufen wie kleine Bäche an der Scheibe herunter. Ich habe versucht sie zu zählen, aber ich bin zu langsam. Dann habe ich geglaubt, sie umleiten zu können, indem ich sie mit dem Zeigefinger an der Scheibe stoppe. Auch, wenn mein Finger noch so schnell hinterher fährt, die Tropfen machen, was sie wollen. Ich seufze, weil es mir nicht gelingt, sie unter Kontrolle zu bringen. So starre ich eben einfach nur so hinaus in den Garten. Der Regen klatscht auf die saftig grünen Blätter eines vor dem Fenster stehenden Busches. Der Regen macht die Blätter sauber. Ach, wie gerne würde auch ich einfach mal so im Regen stehen. Vielleicht spült er dann meine Traurigkeit davon. Ja, ich bin traurig, weil Anna nicht da ist und ich mich hier so fremd fühle und keinen kenne. Es gibt hier viele solche wie mich, die hier überall herumlaufen. Ich habe beobachtet, was sie so machen. Vielleicht sollte ich mal jemanden ansprechen. Da vorn entdecke ich einen gebeugten Rücken vor einem der Fenster. Was macht der denn da? Von weitem sah es so aus, als würde er nachdenken. Aber jetzt sehe ich, dass er sich an einem Blumentopf zu schaffen macht. Er polkt die Erde mit den Fingern heraus und krümelt sie in die Ritzen des Heizkörpers vor ihm. Das ergibt für mich keinen Sinn. Ich gehe zu ihm hin.

„Hallo, Sie! Was machen Sie denn da?" Er hebt verstört den Blick, als hätte ich ihn auf Chinesisch angesprochen. „Warum tun Sie die Krümel da rein?", frage ich erneut und deute auf den Heizungskasten. Jetzt unterbricht er seine Tätigkeit und richtet sich ganz auf. Er ist ganz schön groß! Dann hebt er seine großen Pranken und ich zucke etwas zurück. Was wird das hier bloß? Doch dann lässt er sie ebenso schnell mit einem lauten Seufzer wieder sinken und setzt zu sprechen an.

„Ich.", sagt er laut. Ich warte auf weitere Worte. Doch er seufzt nur erneut und wiederholt mit aller Stimmkraft. „Ich." Dann sackt er in sich zusammen und fängt an zu weinen. Ich lege ihm vorsichtig die Hand auf die Schulter und er schaut mich auf einmal so durchdringend an, so als wollte er danke sagen. Mit seiner großen Hand greift er nach meiner, die auf seiner Schulter liegt. Ich nicke ihm stumm zu. Ich glaube wir verstehen uns. Männer verstehen sich immer ohne Worte.

Wenig später sitzen wir beide vor dem Blumentopf und formen aus der feuchten Erde kleine Kügelchen, die wir auf dem Fensterbrett in einer Schlange anordnen.

30. Juni

Bei mir am Tisch sitzen zwei nette ältere Damen und ein etwas mürrisch dreinblickender Herr. Die eine Frau lächelt immer still vor sich hin und die andere hat Probleme mit dem Essen. Denn es fällt ihr immer etwas herunter. Darum hat sie wahrscheinlich dieses weiße Dings um, damit sich die Brocken dort hineinverfangen. Sie isst mit gutem Appetit und wirft mir freundliche Blicke zu. Ich weiß nicht, was ich davon halten soll. Deshalb wende ich mich nun auch meinem Teller zu.

Hunger habe ich eigentlich keinen. So beginne ich etwas lustlos zwischen den Erbsen herumzustochern und kleine Berge zusammenzuschieben. Die Frau mit dem Latz beobachtet mich weiter. Kann sie das nicht lassen? Ihr Teller ist jetzt schon fast leer. Da entschließe ich mich, mal von meinem Essen zu kosten. Aber es schmeckt irgendwie nach nichts. Mit der Zunge schiebe ich den Kartoffelbrocken im Mund hin und her.

„Wat kaust de denn so hochbeinig?", schnarrt mich die andere nun an und schielt gierig nach meinem Teller. „Schmeckt wohl nich, wa?"

Ich schüttele den Kopf. „Nee, das ist nicht mein Fall."

„Na, dann kannstes mir ja jeben!", schlägt sie vor. Doch das geht zu weit. Essen verschenke ich nicht. Wütend schnippe ich eine Erbse vom Tellerrand in ihre Richtung und treffe sie am Hals. Sie quietscht natürlich auf.

„Wat denn? Nur eene Erbse! Komm sei doch nich so jeizich!", ruft sie empört.

Soll sie haben, denke ich und schnippe weitere von den grünen Murmeln zu ihr rüber. Sie quiekt nun noch mehr und lockt damit den Ober herbei. Seltsamerweise trägt er statt schwarz ein weißes Overall und spricht die Frau sogar mit Namen an.

„Frau Stenzel, seien Sie doch nicht immer so gierig. Sie können doch nicht einfach an das Essen von Herrn Köberlein!" Er hat wahrscheinlich bemerkt, dass ich meinen Teller krampfhaft festhalte.

„Sagen Sie doch einfach Bescheid, wenn sie noch Hunger haben, Frau Stenzel. Dann hole ich Ihnen auch gerne Nachschlag!", wendet sich der Ober noch einmal an diese Frau.

„Ja, tun Sie das!", krächzt sie nun und wirft mir triumphierend einen Blick zu. Der Ober verschwindet mit ihrem Teller. Seine Abwesenheit nutzt sie aus, um mich nun ebenfalls zu beschießen, aber es sind keine Erbsen. Jetzt sehe ich es, woher sie ihre Munition nimmt....sie hat da so eine Tasche an ihrem Latz und die ist voll!

Wütend stehe ich auf und will ihr die schlimmsten Dinge an den Kopf werfen, aber mir fehlt es im Moment an echter Schimpfkraft. Und so bekomme ich nicht mehr als: „Zu Ihnen setze ich mich nie mehr an den Tisch!", heraus. Wo sind nur alle meine besten Flüche hin?

Da kommt der Ober zurück und versucht mich aufzuhalten. „Nun bleiben Sie doch noch! Wir teilen gerade die Nachspeise aus, Vanillepudding mit Schokosoße. Das können Sie doch nicht ablehnen...und außerdem haben Sie Ihre Tabletten noch gar nicht genommen!"

Tabletten? Seit wann gibt es in einem Restaurant Tabletten? Wir sind doch hier im Urlaub. Wo ist eigentlich Anna?

„Tabletten nehme ich nur von einem Arzt!", sage ich deshalb empört. „Und einen Arzt sehe ich hier nicht, also behalten Sie ihr Zeugs!" Ich will ihn zur Seite schieben, aber versuche mal, einen Bären wegzuschieben! Den Fehler merke ich sofort. Aus den Augenwinkeln nehme ich wahr, dass er noch andere Kellner herbeiruft. Was passiert jetzt, wollen sie mir ans Leder? Ich spüre die Panik und versuche, mich freizumachen, will fliehen. Doch er hält mich mit festem Griff am Oberarm gepackt und wartet, bis die anderen da sind.

„Lasst mich, lasst mich!", flehe ich sie an. „Was wollt ihr von mir? Ich habe doch gar nichts getan!" Da wird er freundlicher.

„Keine Angst, Herr Köberlein. Ich habe die anderen nur gerufen, damit sie den Pudding weiter austeilen und wir zwei gehen mal eine Runde!"

„Ich will aber nicht zu einer Runde! Ich will auch einen Pudding haben!", schimpfe ich lautstark.

„Jenau, jebt ihm seinen Budding!", mischt sich nun meine Tischnachbarin ein. Sie hat inzwischen aus den aufgesammelten Erbsen ein großes Herz gelegt und blitzt mir verführerisch mit ihren Augen zu. Gebannt warte ich auf die Reaktion des Oberkellners, rechne schon mit dem schlimmsten. Da lacht er plötzlich los und schiebt mich wieder auf den Stuhl. Und ich bekomme einen Pudding, meinen Pudding!

Als er weg ist, tausche ich mit der Frau vielsagende Blicke. Dann entdecke ich die Smarties in dem kleinen Schälchen und einer Eingebung folgend, kippe ich sie mir auf die Schokosoße, um den Pudding zu verschönern. Mmmh! Lecker, bunte Smarties auf dem Pudding! Ich bin mit meinem Werk zufrieden. Das ist fast wie zum Kindergeburtstag.

03. Juli

Allem Anschein nach bin ich wohl krank. Das haben sie mir gerade gesagt. Hoffentlich merke ich es mir. Sie stehen vor meinem Bett und blättern durch meine Akte. Steht das denn da drin? Die Situation kommt mir seltsam vertraut vor. Ich könnte mich ja mal dazu stellen und mit hineinschauen. Ich glaube so etwas schon einmal getan zu haben. Deshalb stehe ich auf und nehme mir von dem jungen Arzt- ja ich denke dass es einer ist- die Akte.

„Lassen Sie mal sehen!", höre ich mich sagen. „Was hat er denn für Werte?" Alle sehen mich verdutzt an. Eine Sekunde sind alle irritiert. Doch dann lachen sie plötzlich los. Jetzt bin ich verwirrt, weiß nicht, was los ist. Aber das Lachen steckt so an. Schon bald stehen auch mir die Tränen in den Augen. Da kommt der ältere Arzt, klopft mir auf die Schulter und setzt sich mit mir zusammen auf mein Bett. Er nimmt mir die aufgeschlagene Akte aus der Hand und legt sie in die Mitte zwischen uns. Er blättert von Befund zu Befund und erklärt. Das Röntgen war also in Ordnung und das EKG auch, schön.

„Und was ist nicht in Ordnung?", frage ich ihn. Er schiebt seine Brille nach oben und schaut mich bedrückt an.

„Nun, ich meine, warum bin ich hier, wenn alles in Ordnung ist?", hake ich nach.

„Es ist ja nicht alles in Ordnung", beginnt er langsam. Ich fühle mich plötzlich sehr unbehaglich.

„Es ist so, dass, dass ehm, dass ihr Gedächtnis nicht immer so gut funktioniert. Das wollen wir weiter untersuchen. Deshalb sind sie hier." Er beobachtet mein Gesicht, wie ich reagiere.

„Mein Gedächtnis funktioniert nicht.", wiederhole ich leise und warte darauf, dass ich verstehe, was damit wohl gemeint ist. Doch der andere hilft nach.

„Im Alter wird man vergesslicher. Bei manchen geht das schneller, bei manchen langsamer. Bei Ihnen ist es in letzter Zeit schneller gegangen. Dann wird es manchmal schwieriger für Sie, sich zurecht zu finden. Kennen Sie das? Nicht zu wissen, wo man ist und warum? Auch mit der Tageszeit ist es dann manchmal schwierig. Zu wissen, wie spät es ist und welchen Tag man hat."

Er scheint Ahnung von diesen Dingen zu haben, denke ich. Er kennt sich aus. Darum frage ich und nehme allen Mut zusammen: „Wie geht es denn nun weiter? Werde ich mich nun verlieren?"

Ich merke, dass er nach den richtigen Worten sucht, aber dann lächelt er vorsichtig und klopft mir erneut auf die Schulter.

„Es geht immer weiter. Das ist das wichtigste. Das Leben steckt voller Überraschungen. Keiner kann voraussagen, wohin die Reise geht. Aber sie werden jeden Tag immer wieder neue Dinge entdecken, jeden Tag alles mit anderen Augen sehen. Ja, betrachten Sie es mal so, so wie, wie eine nie enden wollende Entdeckungsreise...sie sind der Kapitän in unbekannten Gewässern und wir, wir alle hier helfen ihnen immer mal wieder, den Kompass auszurichten. Dann werden sie sich auch nicht verlieren."

06. Juli

Wir spielen heute Schule. Anna ist meine Lehrerin. Sie hat ein paar Bücher mitgebracht, alle mit Bildern. Ich soll sie mir anschauen. Das erste ist neu, ziemlich dick und wenig interessant gemacht. Außerdem hat es eine zu lange Überschrift. Das zweite sieht recht abgegriffen und speckig aus. Es zeigt einen barfüßigen Jungen, der auf einem Steg sitzt und an einem Grashalm kaut. Ein zerfranster Strohhut ist ihm halb ins Gesicht gerutscht. Er grinst mich direkt an und sieht nach Abenteuer aus. Weiter hinten entdecke ich auf dem Fluss einen schornsteinrauchenden Schaufelradler. Ich lese, dass Mark Twain das Buch geschrieben hat. Ich nehme es in die Hand und schnuppere daran. Der Geruch macht, dass ich mich wie ein kleiner Junge fühle. Bilder tauchen aus meiner Erinnerung auf. Ein Zaun, der gestrichen werden muss, ein Floß mit zwei Jungen, eine Abenteuerinsel, Tante Sally, ein Schatz und eine Höhle, Diebe, die verfolgt werden müssen, ja, und…und Huckleberry Finn.

Und plötzlich weiß ich, dieses Buch habe ich mehr als nur einmal gelesen. Ich blättere durch die vergilbten Seiten und entdecke die Bilder wieder, die ich auch früher schon immer so lange betrachtet habe. Dabei habe ich mir immer vorgestellt, ich wäre Tom Sawyer selbst und wie oft sind meine Freunde und ich in diese Rollen geschlüpft und haben so manche Nachbarin zur Weißglut gebracht. Ich blättere und blättere. Es ist, als ob ich einen Film anschauen würde. Herrlich, die Bilder kommen ganz von allein! Das hatte ich schon ewig nicht mehr. So lebendige Erinnerungen. Es ist, als hätte jemand einen schweren Fels von einem Eingang weggeschoben. Ich bin glücklich, so glücklich! Ich fühle mich so seltsam verankert, weil ein Tor zu meiner Vergangenheit aufgestoßen wurde. Ich weiß wieder, wie ich als kleiner Junge war. Wer ich war. Ich kann mich erinnern! Ich habe wieder Halt, ja Halt. Ist das schön! Dankbar nehme ich das Buch mit beiden Händen und gebe ihm einen Kuss, bevor ich es wieder zurücklege.

Dann entdecke ich ein weiteres, sehr buntes Büchlein und ich lache vor Freude laut auf. „Anna, du bist verrückt!", rufe ich. „Du hast <Zilli, Billi und Willi> mitgebracht! Das habe ich ja schon Jahrhunderte nicht mehr...nicht mehr in den Händen gehabt! Wo hast du all diese Kinderschmöker her?"

Anna ist so von meiner Freude angesteckt, dass sie mich fest an sich drückt, fast schon ein bisschen zu sehr, so dass ich kaum noch Luft bekomme. Nachdem sie mich wieder freigegeben hat, schlägt sie die erste Seite auf und wir sehen drei dicke Schweinchen. Ich bin so überrascht, ich erkenne alles wieder! Anna beginnt, den kurzen Text vorzulesen. Ich nehme ihr lachend das Büchlein weg und lese selber laut weiter. Am Schluss müssen wir beide kichern und haben Tränen in den Augen! Habe ich Anna damals schon gekannt? Haben wir schon einmal so zusammen gekichert? Ich weiß es nicht, aber das ist egal. Ich habe Anna jetzt. Ich weiß, dass ich jetzt mit ihr zusammen bin, dass ich da bin. Und ich weiß, dass ich gerade einen großen Schritt in die Vergangenheit zurück gemacht habe. Ein Bein steht im Hier und Jetzt und das andere in meinen ersten Lebensjahren. Auf zwei Beinen stehen, das ist seeehr gut. Und beide Lebensabschnitte sind mir im Moment gleichermaßen vertraut, Anna und diese kleine Geschichte...

Anna hat inzwischen das dritte Buch aufgeklappt. Es zeigt sich, dass das ein, ein Sammelband für Fotos ist. Die ersten Bilder sind noch in Schwarz-Weiß, ziemlich klein und mit gezacktem Rand. Ich muss mich schon sehr anstrengen, um etwas zu erkennen. Anna sagt nichts. Sie wartet wohl auf meine Reaktionen. Ich bin verunsichert, weil sie wartet. Was, wenn ich sie enttäusche? Ich überlege, warum sie mir solche alten Fotos mit so viel Erwartung in ihrem Blick zeigt. Sicherlich haben sie eine bestimmte Bedeutung für sie. Für mich auch? Ich rücke die Brille zurecht und konzentriere mich auf das erste Bild. Es zeigt eine junge Frau mit einem Schürzenkleid. Auf dem Arm hält sie ein kleines Kind. Mutter und Kind. Die Frau guckt sehr ernst und sieht müde aus. Als ich ihre Augen studiere, merke ich, wie ich elektrisiert werde. Ja, das sind, sind die Augen meiner Mutter.

„Das auf dem Foto ist meine Mutter", sage ich ungläubig. „Und der Kleine da - bin wohl ich?" Den jungen Mann im Anzug reime ich mir eher zusammen als dass ich ihn erkenne. Mein Vater, der gehört ja schließlich auch auf so eine Seite. Mir ist so, als habe ich ihn nicht oft gesehen. Ich bekomme kein Gefühl dazu, wenn ich ihn mir anschaue. Ganz anders bei meiner Mutter…

„Dein Vater hat euch verlassen, als du fünf warst", erklärt Anna, als ob sie meine Gedanken lesen könnte. „Du hast ihn auch vorher kaum kennengelernt, weil er viel im Ausland war." Ich staune. Anna weiß mehr über mich als ich selbst. Ist sie mein Gedächtnis? Wir blättern weiter. Ich sehe mich größer werden, erst mit Schultüte dann bei der Kommunion. Beides erkenne ich sofort. Später kommen Bilder mit Freunden und ersten Freundinnen? Die meisten Gesichter sagen mir gar nichts. Nur bei zweien geschieht etwas mit mir. Mein Finger liegt auf einem Burschen mit kräftiger Mähne...die Zahnräder in meinem Kopf rattern und rattern.

„Mit F, sein Name fing mit F an", sage ich laut. Bitte Anna hilf, denke ich. Ich kann es nicht ertragen, es nicht zu wissen.

„Er war dein bester Freund...", erklärt Anna und zögert. Eine Pause entsteht.

„Bis...bis du aufgetaucht bist!", antworte ich mit zittriger Stimme, nachdem es bei mir blitzartig eingeschlagen hat. „Ich habe dich ihm weggenommen, damals. Habe dich dem, dem Frie-Frie-Friedemann vor der Nase weggeschnappt." Gleichzeitig mit dem Namen bekomme ich einen dicken Kloß im Hals.

„Er hat später zweimal geheiratet und eine bunte Schar an Kindern gezeugt", schaltet sich Anna ein.

„Habe, habe ich, haben wir ihn noch mal wieder gesehen?" traue ich mich kaum zu fragen. Anna merkt das und lacht.

„Na, du hast aber ein schlechtes Gewissen", meint sie, mein Gesicht tätschelnd. „Wir trafen uns immer und immer wieder, ein Leben lang, zuletzt zu deinem fünfundsechzigsten Geburtstag. Das ist jetzt allerdings schon wieder sechs Jahre her."

Als mein Herz beim nächsten Foto ganz heftig zu schlagen beginnt, weiß ich sofort Bescheid. Anna, die kleine Anna. Wie zart sie war! Auf den folgenden Aufnahmen sind wir meistens zusammen, dann kommt unser Hochzeitsfoto, ganz groß. Ich erkenne uns, wie wir waren, erkenne das Haus im Hintergrund sogar die Bäume im Vorgarten. Alles fügt sich wieder zusammen, Puzzleteil für Puzzleteil. Ich fühle mich in dieser Sekunde seltsam wach und klar. Dann kommen die Kinder, erst die beiden Töchter, Mathilda und Hanna, dann der Sohn Georg. Diese Aufnahmen sind schon in Farbe. Wir blättern schneller, sehen sie zu allen möglichen Begebenheiten. Alles wiederholt sich von vorn, Nuckel, Roller, Schule, Heirat und wieder kleine Kinder...Daneben wir mit den Spuren der Zeit und denen der Kinder im Gesicht...Der Film meines, unseres Lebens...manchmal gerät er ins Stocken, dann spult er wieder schneller...Die leer gewordenen Seiten füllen sich, geben mir mein Ich zurück.

Mir ist mit einem Mal bewusst, dass Anna mir soeben ein großes Geschenk gemacht hat. Sie hat mich zurückgeführt. Dankbarkeit und eine seltsame Klarheit erfüllen mich. Anna wird mich von nun an leiten und an die Hand nehmen. Sie ist...ist stärker geworden... und...und ich schwächer. Sie wird mich halten in dieser Welt. Ich lehne mich an sie und schließe die Augen. Ich habe keine Angst.

*

Wir könnten wohl ewig so sitzen. Doch Anna muss wieder nach Hause. Die Besuchszeit ist vorbei. Wir stehen auf und ich umarme sie. Dann helfe ich ihr, alle Bücher wieder einzupacken. Doch ich bin ungeschickt, eins fällt herunter. Beim Bücken merke ich, dass es mir jetzt zum ersten Mal wirklich auffällt. Ich hatte es mir noch gar nicht richtig angeguckt. Es ist noch ziemlich neu und sagt mir gar nichts. Es ist keinesfalls ein Roman. Ich lese die lange Überschrift und wundere mich, wieso Anna dieses schwere Ding mitgeschleppt hat. Wo hat sie es bloß her? Der Titel, der mir gar nichts sagt, lautet:

„Neurologie - die Krankheiten des Nervensystems"

11. Juli

Ich fühle mich gar nicht gut. Alles an mir ist bleiern. Alles von mir will nicht. Ich bin so müde. Das Denken fällt so schwer. Jedes Wort muss ich mühsam suchen. Ich bin so leer.

Ich sitze auf meinem Bett und starre auf meine Füße. Sie stecken traurig in ihren Pantoffeln und wollen noch weniger als ich. Also bleibe ich, wo ich bin. Ich wüsste auch gar nicht, wo ich sonst hin sollte. Als auf meinem Bett. Ein Bett ist ein guter Ort.

Nur, ich bin so allein. Warum kommt niemand? Ich überlege, wer kommen könnte. Vielleicht Anna. Wo ist sie nur?

Ein Impuls jagt durch meinen Körper. Ich muss Anna suchen, weil ich sonst verloren bin. Ich muss aufstehen. Ich stehe auf.

Meine Knie sind weich, vor mir tanzen Lichtkringel. Ich falle zurück. Liege da, bis der Blick wieder klar ist und nehme erneut Anlauf. Drücke alle Kraft in die Knie und schiebe mich ab. Zuviel Schwung. Ich segle nach vorn. Meine Hände suchen Halt in der Luft. Treffen auf den Kleiderkastenbehälter. Ich schaffe es, mich zu fassen, auch wenn die Knie zittern und der Herzschlag in meinem Kopf hämmert. Der Schrank haltert mich und ist schön kühl. Er hitzt mich wieder ab. Schon wird es besser mit mir. Aber ich bin durcheinander, weil ich nicht mehr weiß, was ich eben noch wollte. Ich glaube aber, dass ich aus dem Zimmer heraus wollte. Ich habe mich ja schließlich in Gang gesetzt. Ich werde es wieder wissen, wenn ich draußen bin, denke ich. Deshalb schlurfe ich zur Zimmertür. Warum ist nur alles so mühsam?

An der Tür angekommen, rüttele ich an der Krinke, ziehe so doll ich kann. Aber sie bewegt sich nicht. Ich bekomme die Tür nicht auf! Diese blöde Tür will sich nicht öffnen! Ich rüttle wieder, habe Angst gefangen zu sein. Das aufgeregte Herz jagt mir kaltes Wasser den Rücken herunter. Aber Wut ist auch da. Ich trommele gegen die Tür, will, dass sie endlich aufgeht. Aber die Hände sind auch nass, rutschen ab. Die Rechte kracht auf die Klinke, die plötzlich nach unten nachgibt. Die Tür springt auf und ich bin ohne Fassung. Sehe sie irritiert an. Atme heftig. Verstehe nichts mehr. Alles ist anders geworden, sogar die Türen. Erst war sie versperrig und dann fällt sie mir entgegen. Ich komme nicht mehr klar. Alles ist so anders geworden.

Bin *ich* anders geworden?

Ich möchte, dass mir jemand hilft, habe Angst allein. Ich laufe weiter, rufe. Rufe immer wieder. Da endlich! Sie haben mich entdeckt. Zu zweit meilen sie näher. Ich lasse mich fallen und werde gerade noch von starken Armen aufgetangelt. Mein Zittern schüttelt sogar den anderen mit.

„Was ist nur mit Ihnen?", höre ich ihn fragen. „Hat Sie etwas sehr erschreckt? Sie klappern ja am ganzen Körper!"

Ja bei mir klappert's heute ganz schön, denke ich nur, statt zu antworten, weil sogar meine Zähne aufeinander schlagen. Mich klappert 's richtig...Es klappert die Mühle...am rauschen-den Bach...klip...klap. Klipperklapper.

Ich bin total verklappert heute.

Ich bin in der Klapper!

Anna

Dieses ständige Auf und Ab macht mich ganz verrückt. Kein Tag ist wie der andere. Vorgestern noch schien alles wieder so gut. Er hatte so viele Erinnerungen. Sie kamen regelrecht angeflutet wie nach gebrochener Staumauer. Das hatte mich soo hoffnungsfroh gemacht. Wissen Sie, wir haben im Fotoalbum geblättert und wirklich, man konnte zusehen, wie er zurückkam, sich wiederfand und zurück gewann. Ich glaube - nein ich weiß es – er hat es selbst gemerkt. Ich habe ihn lange nicht mehr so glücklich gesehen! Auch die Kinderbücher hat er wiedererkannt! Es scheint so, dass er den besten Zugang zu den am weitesten zurückliegenden Erinnerungen bekommt, wenn der Anstoß einmal gegeben wird. Sicher, er hat nicht viel gesagt, aber an seinen Augen habe ich gesehen, dass sein Gedächtnis wieder Bilder freigab. Er hat so selig gelächelt! Nur am Schluss, hat er mir einen Stich versetzt, als ich erkennen musste, dass ihm wahrscheinlich all die letzten Jahre abhandengekommen sind. Als ich merkte, dass er mit einem seiner Fachbücher überhaupt nichts mehr anfangen konnte. Ich glaube, nein ich befürchte, dass er nicht einmal mehr weiß, dass er selbst Arzt war.

Und nun heute noch diese Geschichte. Das zieht mich so nach

Ach unten. so, das wissen Sie noch gar nicht...

Es muss kurz bevor ich kam, passiert sein. Der Pfleger, der Johannes zu mir brachte, erzählte es. Er hat ihn völlig aufgelöst und am ganzen Leib schlotternd im Gang gefunden, weil er die Tür nicht aufbekommen hatte, nicht gewusst hat, wie man eine Türklinke bedient. Das hat Johannes fürchterlich aufgeregt.

Denken Sie, dass er seine Defizite in solchen Situationen noch wahrnimmt? Dass er deshalb so erregt war? Das wäre, das ist doch schrecklich! Dann muss er ja doppelt leiden! Ich wünschte, man könnte ihm das nehmen, dass er das alles noch realisiert. Das muss ihn doch am Boden zerstören, sein letztes Selbstwertgefühl nehmen...

Ich weiß nicht, ob ich immer genug Kraft habe, das immer auszuhalten und ihn aufzufangen. Ich kann mich noch immer nicht an den Rollentausch gewöhnen und erwarte immer noch irgendwo, dass ER MICH auffängt.

Ich...mir fällt da gerade etwas ein...so eine Erinnerung an die Zeit, als er...als ich mich noch anlehnen durfte.

Unsere Tochter war drei und hatte dieses hohe Fieber, das stieg und stieg. Wir waren übers Wochenende zelten. Ich saß nur da, starr vor Angst, konnte lediglich auf seine Anweisung hin die kühlenden Waschlappen wechseln, handelte wie ein Automat, konnte keine eigenen Entscheidungen treffen. Ich war wie gelähmt, konnte nicht mal mehr meiner Tochter die Schnürsenkel zubinden. Johannes hat die Kleine allein die 2 Kilometer zum Auto getragen und ist mit ihr von der Insel auf Festland in die 80 km entfernte Klinik gefahren. Erst am nächsten Abend kamen beide wieder zurück. Der Kleinen ging es deutlich besser, sie plapperte wieder wie ein Papagei...aber Johannes sah 10 Jahre älter aus, er hatte die ganze Nacht nicht geschlafen.

Ich habe ihn soo bewundert und mich selbst für meine Schwäche so geschämt.

Ich erzähle das, damit auch Sie eine Vorstellung davon bekommen, wie er war und warum ich immer noch darauf warte, dass er mich an der Hand nimmt.

Und jetzt ist er mit einer Türklinke überfordert...

Eine tückische Erkrankung ist das...

Und Sie wissen jetzt also mit Bestimmtheit, dass es kein Alzheimer ist? Das hat also die Hirnwasseruntersuchung ergeben?

Was ist es denn dann? Das, was Sie vermutet hatten?

Wie? Lewy-was? Lewy-Körperchen-Krankheit?

Demenz mit Parkinson? Ach so, deshalb das schlechte Laufen, das Zittern und all das. Und was ist mit dem Schwindel, den Stürzen? Gehört das auch dazu? Was denn noch? Etwa auch seine ganzen Hirngespinste? Aber die hatte er doch in den letzten Tagen überhaupt nicht mehr.

Ach so, das ist nicht von alleine besser geworden? Sondern, weil endlich die neuen Medikamente helfen?

Ja, es schien mir auch so, als ob er jetzt wieder sicherer laufe. Ach, dafür bekommt er auch etwas. Wie kann er denn nur so viel vertragen?

Was sind denn das für Dinger diese Lewy-Körperchen? Wo bekommt man die denn her?

Was, die wandern über den Darm in das Gehirn ein? Die ver-müllen also die Nervenzellen? Ist das so was wie ein Virusinfekt? Kann man die denn nicht aufhalten? Und da hilft auch kein Antibiotikum? Nein? Keine Impfung? Nichts? Aber die haben doch, das habe ich neulich in den Nachrichten gehört, so ein Oct, so ein Stammzellgen gefunden. Kann man das denn nicht in das kaputte Hirn einsetzen? Dass neue Nervenzellen nachwachsen? Nein? Das geht nicht? Der Lewymüll wandert auch in die neuen Zellen ein? Das überträgt sich also?

Kann man sich denn dann nicht anstecken? Und erblich ist es auch nicht? Das ist ja das nächste, dass man gleich an die Kinder denkt…

Na, Gott sei Dank!

Aber wie geht es jetzt weiter? Müssen wir uns auf irgendetwas vorbereiten?

Ach, das wollten Sie gerade mit mir besprechen.

Ob er eine Patientenverfügung hat? Ja, ich glaube schon…ja, das waren ja Fragen, mit denen er sich schon von Berufs wegen beschäftigt hat. Aber sicher bin ich mir da nicht. Nun, er wird mir das sicherlich noch beantworten können.

Eine Vorsorgevollmacht? Nein. Sie meinen, dass ich für ihn zur Sparkasse gehen kann und so?

Ach, die gilt dann auch für gesundheitliche Entscheidungen? Stimmt, darüber habe ich noch gar nicht nachgedacht. Und was ist, wenn ich eine Entscheidung gegen seinen Willen treffen müsste? Wenn er protestiert und ich nicht dagegen halten kann?

Mmh, wenn es für mich zu schwer wäre, dann wäre also der nächste Schritt, eine gerichtliche Betreuung? Da wäre ich also nicht die Böse...ich glaube, damit könnte ich besser umgehen. Ja, mal sehen, ich könnte erst einmal abwarten, ich muss ja nicht gleich mit dem Schlimmsten rechnen...

Auf jeden Fall bräuchten wir mehr Unterstützung für zu Hause, jemanden, der mit auf ihn aufpasst und ihm hilft. Könnten Sie nicht über das Krankenhaus eine Pflegestufe und Pflegedienste beantragen? Das wäre schon eine immense Entlastung, wenn jemand bei der Körperpflege helfen könnte, ich bin da oft so befangen und er schaut mich dann so beschämt an...

Ach, das geht? Ich danke Ihnen sehr, wirklich. Wissen Sie, das ist alles so viel, um das ich mich eigentlich kümmern müsste, aber irgendwie sehe ich gerade kein Land und von diesen ambulanten Hilfen habe ich kaum eine Ahnung.

Also, Sie sagen, wir bekommen vor der Entlassung noch ein richtiges Beratungsgespräch mit der Sozialarbeiterin...Das ist gut...wenn sie uns auch mit den Formularen und Anträgen helfen kann.

TEIL 4

Johannes

Es ist lustig. Ich habe jetzt immer Frauenbesuch. Gerade schaut wieder eine zur Tür herein. Sie ist sehr nett, sieht nur ein bisschen müde und schon etwas alt aus. Die andere war viel, sehr viel jünger. Hat mir gut gefallen. Sie erinnern mich beide stark an jemanden von früher.

Mir wird so ein Brett mit Essen drauf von der Jüngeren ans Seitenteil von meinem Dings, meinem Schlafliegedings gestellt.

„Ich bringe dir dein Frühstück", sagt sie mit einem milden Lächeln und streicht mir über die Wange. Wie vertraut sie mir ist!

Ich weiß gar nicht, warum es mir so gut geht. Warum sie das macht. Das mit dem Essen. Bin ich das wert? Vielleicht war ich ja auch mal nett zu ihr? Das muss wohl so sein, denn sonst macht das doch keiner für einen ohne, ohne Goldstücke.

Aber es könnte auch etwas anderes sein...

Bin ich, bin ich vielleicht hin…hingefallen…hinfallig? Vielleicht ist was mit meinen Teilen nicht in Ordnung? Ich schiebe meine Decke weg und beschaue mir meine beiden Staksen. Ich zwicke in die Oberkeule und das merke ich ganz deutlich. Dann wackle ich mit den Füßen, auch das geht. Alles kann ich gut bewegen. Es tut auch nichts weh. Ich bin erleichtert. Alles ist in richtiger Bahn, alles in Ordnung.

„Bitte, lass doch die Decke liegen, Johannes!", mahnt mich die alte Frau. „Ich wollte dir doch gerade das Tablett herüberstellen. Ich bleibe dann hier sitzen, wenn du magst und wir könnten so zusammen frühstücken."

Ich nicke. Von mir aus kann sie bleiben. Ich mag sie. Wenn sie nur nicht so alt wäre…

Ich möchte nett sein und ihr eines von den bestrichenen Backchen geben, die gedoppelt auf dem Teller liegen. Als es auf meine Hand kleckst, versuche ich das Klebsige abzuleckern. Aber meine Hand ist so wackelig, dass ich einen Pott umstoße und der Kaffee die Tasse verlässt. Schwapp. Alles vollgesuppt. Oh je. Gleich wird Anna schimpfen. Anna! Sie heißt Anna. Ich weiß es wieder.

„Anna, ich…ich, tut mir leid. Ich…ich wollte nur…" Sie starrt mich mit offenem Mund an und bekommt kein, kein Schimpf heraus. Dann gebe ich ihr das Brötchen.

„Nimm bitte!", sage ich. „Du...iss doch auch was!" Der Klecks an meinem Finger schmeckt nach roten Beeren. Mmmh, ein leckeres Zeugs.

Mit Appetit beiße ich in meine Hälfte und genieße diese rote Klebrigkeit. Bin ganz ins Kauen vertieft, da bekomme ich unverhofft einen Kuss. So unverhofft, dass mir der Bissen im Hals verrutscht und ich in Not gerate, weil die Luft plötzlich klemmt. Es wird alles eng, so eng. Mein Gesicht ist am Platzen. Da klopft mir Anna kräftig auf die Brust und ich kann husten. Huste und huste. Kann gar nicht mehr aufhören. Bis die Tränen und der Brocken, der sich verklemmt hatte, hochkommen. Ich lasse mich ins Kissen zurückfallen. Bin total verbraucht...

Da sehe ich ihr Gesicht. Vor Schreck ganz blass. Ihre Lippen zittern. Sie ist ja ganz aufgeregt. Das tut mir sehr leid.

„Ist schon gut", sage ich deshalb. Will sie beruhigen und fasse nach ihrer Hand. Es kratzt noch immer in meinem Hals. „Es ist doch alles in Ordnung mit dir?", frage ich sie besorgt. Warum sie dann zu weinen anfängt, ist mir ein Rätsel.

Anna

Es ist kaum zu glauben. Gerade ist eines dieser kleinen Wunder eingetreten. Mir steigen noch immer die Tränen in die Augen, wenn ich nur daran denke. Meinen Namen...er hat mich bei meinen Namen genannt! Er hat mich erkannt! Das muss der Schreck über dieses kleine Missgeschick gewesen sein. Ich bin so gerührt...

Wie lange ist das schon her?! Dass er mich mit „Anna" angesprochen hat! Nacheinander hatte er alle Namen verloren, Freunde und Bekannte. Zuletzt auch noch die Familie, erst die Enkel, dann die Kinder und dann...dann auch noch mich. Und nun das! Es ist ein Wunder! Ein Wetterleuchten in der dunklen Nacht. Ein Stück Strandgut. Ein überlebender Gedächtnisrest. Ein Rest Johannes. Ich muss schon wieder weinen...

Das ist alles zu viel...meine Gefühle spielen Achterbahn. Ständig diese Angst, diese Sorgen, wie es weiter geht. Und diese tiefe Traurigkeit, weil es so schwer ist, Abschied zu nehmen, ihn Stück für Stück zu verlieren. Zusehen zu müssen, wie es abwärts geht und dabei so hilflos zu sein.

Und dann so etwas! So ein Lichtblick.

Aber diesem einem Auf werden etliche neue Abstürze folgen. Ich möchte das so gerne ausblenden und kann es nicht. Das bringt mich zum Verzweifeln.

Und manchmal.... manchmal, da wird aus der Verzweiflung auch Wut. Wut auf alles, auf das Schicksal, auf Johannes, auf mich. Warum er? Und nicht ich?

Oft denke ich, warum tut er mir das an? Vermute eine Absicht oder Böswilligkeit hinter seinem Tun. Keiner glaubt mir das. Das macht mich wütend und danach kommt die Scham. Nur ein Beispiel: neulich, es war beim Frühstück, da habe ich ihm wiederholt ohne ein Wort dazu zu sagen die heruntergefallenen Cornflakes wieder und wieder zurück in sein Schälchen getan, dann musste ich kurz ans Telefon und als ich zurückkam, also in der Zwischenzeit, da hat er all die eingeweichten Cornflakes über den gesamten Tisch und auch darunter verschmiert, so als wollte er sich für meine Bevormundung zuvor rächen. Und es gibt leider Gottes noch mehr von diesen zorngefärbten Gedanken in mir.

Sehr oft, wenn ich mich kraftlos und ausgebrannt fühlte, ertappte ich mich bei dem Gedanken, er könnte sich doch einfach mal ein bisschen mehr anstrengen, und es mir nicht so schwer zu machen. Sich einfach mal ein wenig mehr Mühe geben...ein bisschen schneller machen, sich ein wenig mehr konzentrieren, ein wenig klarer denken...so dass ich am liebs-

ten gesagt hätte: Reiß dich doch endlich mal zusammen! Es gab so Momente, da konnte ich einfach nicht mehr an ihn ran, da musste ich weg, weit weglaufen...

Wenn da nicht Johanna gewesen wäre!

Unsere Enkelin erkennt er schon viel länger nicht mehr. Aber ihr fällt das alles irgendwie leichter. Vielleicht, weil sie jünger ist, weil sie nicht so dicht dran ist.

Ohne sie wäre ich wahrscheinlich längst zusammengebrochen.

Ich sollte mich heute über ihn freuen, ja ich freue mich doch auch! Aber ich kann doch nicht aufhören, an Morgen zu denken...

Johannes

Was zerren die nur an mir rum? Was wollen die? Was worten die nur auf mich ein?

„Lasst mich in Ruhe!", schimpfe ich und stoße sie mit der Hand weg. Aber ich krieg keine Ruhe. Sie lassen mich nicht sein. Rupfen und zupfen.

„Ich will schlafen! Lasst mich!" Sie sind zwei und ich bin nur einer. Da kann ich nicht richtig...richtig gegen an. Sie machen weiter und weiter an mir rum. Ich will das nicht!

„Geht weg! Geht weg!" Meine Arme fuchteln. Meine Füße treten. Eine schreit kurz, aber ich krieg sie nicht weg. Jetzt werd ich aber...werd ich aber...ganz...ganz kochend, überkochend. Hab nun mehr Kraft, verhiebe um mich, treffe. Bekomme mich frei. Noch ein Schrei. Ein verschmerztzogenes Gesicht zuckt zurück. Jetzt erkenne ich sie. Sie war schon mal da. Sie tränt mit nassen Augen. Schluchzt. Hab ich das getan? Ich?

Sie leidet mich durch und durch. Ich wollte das nicht. Ich streiche sacht über ihren Arm. Das hab ich schon mal getan, früher. Meine Hand weiß das. Sie zuckt noch mehr und schluchzt lauter. Hab sie auf einmal im Arm. Jetzt schütteln wir beide. Meine Brust wird nass. Ich kenne plötzlich ihren...ihren Geduft, ja den kenne ich. Da ist etwas mit mir, mit ihr, mit uns. Wir müssen uns sehr engtrauig gewesen sein... sind es wohl noch. Das fasst mir ans Herz.

Es tut mir leid.

Anna

Ich habe das nicht für möglich gehalten. Nie! Dass er mich schlägt. Er hat mich ins Gesicht geschlagen! Ich bin noch immer benommen und meine Knie zittern. Ich kann es nicht fassen! Und wie er um sich geschlagen hat! Der Schmerz in meinem Gesicht und die geschwollene Nase sind das geringste Übel. Muss ich denn jetzt immer mit so etwas rechnen? Muss ich denn ab jetzt Angst vor ihm haben?

Dabei haben wir nur versucht, ihn aus den nassen Sachen zu befreien. Wir konnten ihn doch so nicht liegen lassen! Und ich hab's doch so gemacht, wie sie `s immer sagen: erst ansprechen, alles erklären und dann langsam mit dem anfangen, was zu tun ist und dabei immer weiter jeden Schritt kommentieren...das haben wir vorhin gemacht. Das machen wir doch immer so. Nur, warum hat er dann so aggressiv reagiert? Haben wir ihm Angst gemacht? Hat er uns vielleicht gar nicht richtig verstanden? So kam es mir jedenfalls in letzter Zeit schon öfter vor. Dass gar nicht mehr alles ankommt, was man ihm sagt. Dann ist sein Blick so leer. So leer. Das ist dann so ein Blick, den, den nur Neugeborene haben sollten.

Johannes

Warum liege ich hier nur im Bett? Was mache ich hier? Ist hier denn noch jemand? Gerade habe ich doch noch Stimmen gehört? Ich will nicht alleine sein. Also werde ich aufstehen. Ich werde nachsehen, ob ich jemanden finde. Das mit dem Aufstehen will aber gar nicht so richtig gehen. Irgendetwas klemmt an den Beinen. Macht sie wie holzig. Vielleicht sind sie ja versteift? Da endlich bewegt sich was, ah mein Fuß hat das Bett verlassen und steht jetzt vor dem Bett, nun noch der andere. Geschafft! Was ist denn das für ein dickes Dings hier? Als ich aufstehe, rutscht es herunter. Ein weiches weißes Puffiges. Ein verkleisterter Klumpen. Komisches Ding. Es lässt sich prima mit zwei Fingern etwas von dem Weißen abflocken. Kleine Flöckchen flocken. Das ist schön! Ich lasse sie herunterrieseln wie...wie...wie Schnee. Ah, leise rieselt der Schnee...Schnee ist schön. Ich werde Bälle kugeln und einen Bauchmann ansetzen. Mit drei Bäuchen. Gut, dass die Flocken feucht sind, da kleben sie besser. Aber es reicht nur für eine Runde. Schade! Die Kugel lasse ich im Bett liegen. Muss nur noch meine Hände wegschmutzen. Alles klebt so. Das soll weggehen!

Da höre ich wieder was! Die Stimmen unterhalten sich über mich. Ich drehe mich um. Schaue und schaue herum. Habe ich da was gesehen? Wenn ich die Augen zusammenkneife, erkenne ich in der Ecke drei Gestalten. Was machen die da? Sie haben was in der Hand. Ob sie Karten spielen? Warum lachen die denn jetzt? Ich kenne die doch überhaupt gar nicht. Jetzt sehe ich, dass sie Karten spielen. Warum sind sie hier? In meinem Zimmer? Bin ich denn in meinem Zimmer? Ich werde sie fragen.

„He, was macht ihr hier?", rufe ich.

Doch sie tun so als sei ich eine Luft. Ich will auf sie zugehen, merke aber dass meine Füße verfesselt sind. Das weiße Dings hat sie verstrickt. Mit den Händen will ich es wegrupfen. Doch es ist so zerrig. Wie eine Tüte. Das soll jetzt verdammt noch mal ablassen von mir! Ich rupfe, zupfe, trete und bekomme stinkige Laune. Schreie. Dann schließßendlich bin ich gefreit und das weiße Paket trete ich fort, so dass es in der Ecke landet. Genau zu den Kartenleuten. Aber komisch! Als es aufplatscht, sind die Männer weg. Puff, paff einfach weg. Na so was! Ich kann wohl zaubern! Toll! Aber sicher ist es besser, ich schaue noch mal nach. Jetzt ohne diese komische Hose bin ich viel mehr schneller. Aber außer mir scheint wirklich keiner weiter da zu sein. Ich finde es so zu langweilig und beschlie-ße, auf Entdeckung zu wandern. Als ich die Tür öffne, werde ich vom Dunkel verhüllt. Kein...kein Licht. Wer hat das wegge-schnippt, wo es doch zu dunkel ist? Wie soll ich da was fin-den? Ich fühle an der Wand lang. Ganz vorsichtig. Stück für Stück. Stoße mich. Autsch! So ein hartes Dings ist da im Weg.

Aber ich kann es gut festhalten, mich daran festhalten. Also ein Festhalteding. Es ist wie...wie so eine lange runde lange...wie eine Schlange? Ich weiß nicht, wie das heißt. Es führt mich aber nach unten. Da müssen die Füße also auch nachziehen. Ups! Beinahe wäre ich gefallen. So eine blöde Kante mit nichts danach mitten im Weg! Was soll das? Dann merke ich aber, dass ich ein Stück tiefer stehe und begreife, dass ich auf einer Treppe gelandet bin. Stufen also. Ich erklimme sie tiefer und tiefer, wobei mir das Schlangenholz als Leitschiene dient. Unten, wo das Gestufe noch einmal seitlich wegknickst, legt es mich wieder fast hin. Ein Glück nur, dass ich mich so an der Stange festgeschient habe. Aber im Stolpern remple ich an einen Knipser und klack, schon wird es hell, blendend lichtig. Das ist schon wieder Zauberei!

Dann kann ich mir alles besehen. Es ist so, als sei ich hier schon einmal gewesen. Ein schmaler Flur mit großem Spiegel an der einen Wand und einem Tischchen an der anderen, hinten in der Ecke ein Regal mit Büchern und drei Türen. Eine, zu meiner Linken, durch deren Durchsicht ich nach draußen blicken kann und zwei weitere am anderen Ende, die sich gegenüberstehen. Welche Tür ist die richtige? Wo geht es eigentlich weiter? Was mache ich hier? Wo wollte gleich noch einmal hin?

Da entdecke ich einen Mann, der mich schamlos, ja schamlos anstarrt. Keine Scham der Kerl, steht da mit nur einem

Oberteil und sonst nichts an und...und glotzt zu mir herüber. Kann er nicht wenigstens die Hände davor halten? Wo hat der Kerl bloß seine Beinkleider? Ich will ihm ein Zeichen geben. Mal sehen, ob er es dann merkt. Der hält sich wohl für besonders komisch, wenn er mich nachmäfft? Ich glaube, ich muss deutlicher werden und zeige auf seine nackte Peinlichkeit. Doch wiederholt er lediglich erneut meine Gerbärdigung. Einfach unverschmät! Schämen sollte er sich! So ein alter faltiger Kerl! Ich werde ihn einfach stehen lassen. Das muss ich mir nicht antun.

Bloß, was wollte ich hier noch mal? Ich wollte doch was, oder? Sonst wäre ich doch nicht hier? Der Blick durch die Tür geht in den Garten hinaus auf gefärbte Baumblätter. Noch ist es ziemlich verschummert draußen, aber das erste Strahlen beginnt. Auf dem Hof sehe ich Blätterwirbel tanzen. Ich fühle mich plötzlich jung und möchte probieren, wie es ist, durch Raschelhaufen zu wuscheln. Möchte Blätter werfen und regnen lassen. Möchte Wind im Gesicht haben, möchte wie die Blätter fliegen.

Als ich die Tür öffne, merke ich dass ich keine Dingser, Treter an habe, weil meine Füße eisstarr werden. Noch bin ich nicht ganz draußen, stehe in einer Art Vorflur. Sehe die Außentür. Kam ich von dort? Ich drehe mich um, als wäre da die Antwort. Die Fenstertür. Ahja! Weil sie offen steht, weiß ich, dass ich gerade dort hindurchgegangen sein muss. Alles ist logisch.

Wie immer. Das Fenster, der Garten, bunte Blätter. Ich wollte dorthinaus. Aber ich sollte mir vorher ein paar Schlupfer an die Füße ziehen. Zum Glück ist hier ja ein ganzes Verhau voll davon. Werde schon einen passenden Zweier finden. Ich muss erst einen großen Berg verwühlen, bevor ich diese Gummi-dinger finde. Die dürften es machen. Sollten meinen Füßen genehm sein. Sie haben einen ziemlich hohen...hohen -na wie heißt das doch gleich wieder- ...hohen Wadenhalter, damit man in tiefen Pfützen nicht nass wird. Es ist ein harter Krampf, die Stiefel anzubekommen, fast so wie mit Gummistrümpfen. Gummistrümpfe? Wo kommt das bloß schon wieder her? So ein Unsens! Gummistrümpfe, wer sollte denn so etwas brau-chen? Schnaufend schiebe und quetsche ich mich in die Gummischuhe. Als ich endlich bestiefelt bin, entdecke ich am Hakenständer einen dicken Langärmler, den ich mir auch noch überziehe. Immerhin gehe ich in die Unwirtlichkeit hinaus. Der Wind fegt mich fast um, als ich die Tür öffne. Ich festige mich einen Augenment am Türrahmen, dann tappe ich weiter. Komme genau hinein in einen Blätterwirbel. Wirbele mit aus-gebreiteten Armen mit. Die Luft macht mich frisch und frei. Blätter! So viele Blätter. Ich fasse mit beiden Händen in den dicken Haufen vor der Hecke, fasse einen ganzen Schwung und lasse ihn von der nächsten Böh wegwinden. Freue mich kleinkindlich. Bin ganz ausgelassen. Möchte den Blättertanz dirigieren. Drehe mich. Drehe mich immer schneller. Mache mich zum Blätterquirl. Die Elfen drehen mit. Möchte lachen.

Und lache auch. Ich bin so glücklich, dass ich davonschwebe, weit davonfliege...Ich bin frei!

Anna

Ich bin so am Boden...ich weiß nicht mehr weiter. Ich weiß nicht, wo ich all die Kraft hernehmen soll. Jetzt liegt er im Bett und schläft, ist endlich ruhiger geworden. Seit ihm die Schwester eine Infusion angehängt hat, fällt das Fieber wieder. Ich hatte solche Angst. Jetzt merke ich, wie sehr mich das mitgenommen hat. Ich sehne mich so nach Schlaf, danach, einfach mal abschalten zu können und nicht mehr verantwortlich zu sein. Doch kann ich nicht anders als wieder neben ihm zu sitzen und sein friedlichen Gesichtszüge zu beobachten und seine Hand zu halten.

Wenn er noch eine Stunde länger da draußen gelegen hätte, hätte es vielleicht schon vorbei sein können, sagen die Ärzte. Aber das hätte ich, glaube ich, noch viel weniger verkraften können. Trotz all der Sorgen und der Arbeit, die er macht. Trotz all der Kraft, die mir jetzt schon fehlt. Nein, ich glaube wirklich, dass es so besser ist, dass er noch da ist. Es ist zu früh...ich hänge doch so an ihm. Ja, ich bin dankbar, dass es nicht zu spät war.

Aber eines weiß ich auch, so etwas wie den gestrigen und heutigen Tag schaffe ich bestimmt nicht noch einmal, ich zittere ja immer noch, wenn ich nur daran denke und dieser brennende Druck hinter dem Brustbein will einfach nicht verschwinden. Da strengt sogar das Atmen an...

Aber ich hoffe wirklich, dass ich Johannes noch ein Stück habe. Lieber die Hülle als gar niemanden mehr. Lieber eine Illusion füttern als den nackten Tatsachen ins Auge sehen. Wenn er hier so vor mir liegt und schläft, so kann ich mir doch wenigstens in diesem Moment einreden, er sei wie früher... und...und... schlafe nur, weil ihn die Lungenentzündung niederzwingt. Dann könnte ich mir vorstellen, er erhole sich wieder, käme wieder auf die Beine und es hätte nie eine Demenz gegeben. Wenn ich das tue, mir das ganz fest vorstelle und wünsche, dann gibt mir das Kraft und rettet mich ein Stück weiter.

Natürlich weiß ich selbst, dass das eine Kleinmädchentaktik ist, aber es hat doch früher auch funktioniert. Wenn ich damals die Augen geschlossen und mir ganz sehr etwas gewünscht und mich richtig darauf konzentriert habe, dann ging das meistens in Erfüllung...meistens jedenfalls...

Ich weiß wirklich nicht, wie lange Johannes dort gestern früh im Hof halb nackend gelegen hat und ich weiß auch nicht, was er dort gesucht oder gewollt hat. Aber er hatte so einen seligen Gesichtsausdruck, obwohl er durch die Unterkühlung längst bewusstlos war. Das Herz schlug kaum noch...

Er muss in der Nacht oder in den frühen Morgenstunden das Haus verlassen haben. Dass er die Kälte nicht gespürt hat! Wo wir doch schon Bodenfrost haben. Und noch schlimmer ist es, dass ich von alldem nichts mitbekommen habe. Warum habe ich so fest geschlafen? Er lag dort mitten in einem Laubhaufen -und das war wahrscheinlich sein Glück, dieser Laubhaufen hat ihn vermutlich vor noch weiterem Auskühlen bewahrt. Wo er doch so gut wie gar nichts anhatte, nur das Schlafanzugs- oberteil, diese dünne Jacke und...und diese...diese Gummistie- fel...

So sonderbar das klingt, aber dieser Anblick hatte schon wie- der fast etwas Komisches. Er sah nahezu drollig aus...da in dem Blätterberg.

Und das ist es, was ich meine, dass so entgegengesetzte Gefühle jetzt immer so dicht beieinander liegen. Das ist genau das, was mir so viel Energie raubt. Auf und ab, ab und auf...Das schlaucht so ungemein.

Der Schreck, als ich sein leeres Bett sah und ihn nirgends im Haus fand, unten stand dann die Haustür sperrangelweit of- fen...das war dann der nächste Schock...weil ich ihn in Gedan- ken schon auf die belebte Straße unter ein Auto hab rennen sehen...und dann lag er da nackt mit Gummistiefeln im Laub- haufen...

Schon oben im Zimmer dachte ich, es sei sonst was passiert. Überallhin hatte er seine Windel zerfetzt mit samt dem Inhalt, weiße Zellstoffflocken im ganzen Zimmer. Wie nach einem Gemetzel. Ich dachte tatsächlich im ersten Moment, jemand sei über ihn hergefallen. Das Naheliegende will man manchmal erst zuletzt begreifen...Wahrscheinlich hatte er sogar seinen Spaß dabei, Wattekugeln zu formen...wer weiß...

Unklar ist mir auch, wie er die Treppe heruntergekommen ist, ohne zu stürzen, wo er doch in letzter Zeit fast nur noch gelegen hat, weil er sich kaum noch bewegen konnte. Die Physiotherapeutin hat jedes Mal über seinen Rigor –so nannte sie diese Steifigkeit- beim Beüben geflucht...Tja, und dann kommt der Kerl allein die Treppe herunter und es passiert nichts! Da könnte ich schon fast wieder ein bisschen stolz auf ihn sein! Genauso wie auf die Tatsache, dass er sich selber Schuhe ausgesucht und alleine anbekommen hat. Aber was zum Teufel hat er da draußen nur gewollt? Hatte er wieder etwas gesehen? Vielleicht wieder so eine Trugerscheinung? Wie auch immer...es hat mich total verblüfft, wie gezielt er vorgegangen ist, als hätte er einen Plan gehabt. Logisches Handeln gab es bei ihm schon seit einer Ewigkeit nicht mehr...und Sich-selbst-anziehen auch nicht.

Natürlich wollten sie ihn gleich mit ins Krankenhaus nehmen...ich sollte, so sagten sie, dies als Ruhepause nutzen, wieder auftanken...Aber ich konnte doch nicht! Nicht, nach-

dem er sich so an mir festgeklammert hatte mit diesem angst-
vollen Blick, als sie ihn mit der Trage ins Auto schieben woll-
ten. Das wäre mir wie ein Verrat vorgekommen. Ein Glück
nur, dass Schwester Josephine sie aufgehalten hat, nachdem
sie meinen Blick aufgefangen hatte. Zu den Fahrern meinte
sie nur, wir schaffen das schon, auch zu Hause. Dann würden
die Pflegedienste eben rund um die Uhr kommen, solange der
Hausarzt das verantworten könne...Sie selber würde den Anti-
biotikatropf jeden Morgen anhängen.

Gerade ist die Mittagsschwester raus. Auch unser Hausarzt
war heute schon da. Und jetzt sinkt das Fieber. Nun wird
alles...wird alles erst einmal wieder leichter. Ich werde noch
ein wenig wachen, bis die Enkelin kommt. Aber dann werde
ich mich hinlegen...Endlich hinlegen...endlich schlafen.

Johannes

Dumpfig dumpf dumpft es mir. Mein dumpfig Kopf. Brummt.
Brummt wie, wie ein Gedröhn. Wumm, wumm geht es an den
Schädelknochen. Das macht mein Hirn wie Brei. Wummt immer mehr. Eine Zwinge zwängt alles zusammen. Ich kann das
nicht mehr, nicht mehr...auswarten. Es soll weggehen! Es
platzt mir gleich den Kopf weg. Bitte macht das doch weg!
Bitte! Bitte!

Endlich. Da schwebt jemand zu mir. Ein Dirn mit Zöpfen oder ist's ein Engelswesen? „Hilf mir doch! Mein Kopf, mein Kopf! Man hackt ihn klein! So hilf doch!" Die Zöpfe verstehen, drehen, rennen, rufen noch mehr Hilfe und geben mir kalt und nass etwas über die Augen auf die Stirn. Ah, tut das gut! Das ruhigt mich ein. Aber die Engel sind jetzt mehr, kommen zu dritt. Mit Medizin im Becher. Kopfwehmedizin sagen sie. Das ist gut. Das ist gut. Gleich ist es wieder gut.

*

Hitze wohnt in mir, brennt mich auf. Brennt im Mund und überall. Die Zunge klebt Sie ist schwer geschwollen. Krieg sie nicht bewegt. So trocken und rau. Richtig festgepappt. Ich habe Durst. Bin brennend durstig. Es ist so heiß. Ich zerrinne, fließe weg. Fließe in den See unter mir. Will das Schwere von meinen Beinen schieben. Aber schaffe das nicht weg. Das drückt mich ein, erstickt mich heiß. Wie, wie ein Ofen. Sengt mich verdurch. Bin so ausgedurstet, trocken, kratzig im Hals.

„Wasser ,Wasser, Wasser. Gebt mir Wasser!"

Ich dorre sonst weg.

Dann sind sie da. Zwei Stück. Halten mir was an die Lippen. Soll trinken. Endlich! Es saugt sich mir ein wie ein Strudel. Kühles Nass. Es rinnt und rinnt spült den Kleister aus Mund

und Höhle. Verwassert das Feuer, ertränkt den Brand. Ich trinke, trinke. Brauche mehr und mehr.

„Eine ganze Tonne voll könnt ich saufen."

Sie lachen und schenken weiter nach.

Dann plötzlich geht ein Schluck schief, verläuft sich. Macht, dass alles rückwärts kommt. Huste, pruste eine Fontäne hervor. Zwingt mir Tränen in die Augen. Verhuste wieder alles hoch. Doch die Luft kommt nicht frei. Sprengt meine Brust. Huste, huste, würge. Muss mich festhalten, weil alles dunkel und schwankend wird. Gibt es keine Luft mehr? Muss ich, muss ich jetzt sterben?

Da ein Schlag trifft mich hinten, noch einer und noch einer. Macht, dass ich entlöst werde. Dass der Husten geht und die Luft wiederkommt. Pfeifend in die Lunge zieht. Ich atme mich zurück. Lebe weiter. Hurra! Ich atme und lebe noch! Werde aber schwer und schwerer, merke Blei auf den Lidern. Matte mich weg, sinke mich weg, weit weg.

Mir geht es gut so.

Anna

Es dauert doch länger, als ich dachte. Die Lungenentzündung muss wohl doch schwerer sein. Das Fieber kommt und geht. Johannes ist so schwach, dass er die meiste Zeit schläft. Jede Kleinigkeit strengt ihn über die Maßen an. Er spricht kaum noch. Vorhin hat er nach Wasser verlangt, aber dann hat er sich dermaßen verschluckt, dass ich schon dachte, wir müssten den Notarzt rufen. So heftig war es noch nie. Es stimmt schon, wenn ich es mir recht überlege, dann kam das in letzter Zeit schon öfter vor. Schwester Josephine meinte, dass er wohl zunehmend Probleme mit dem Schlucken entwickelt, dass das auch der Grund sei, warum ihm sooft der Speichel aus dem Mund herauslaufe. Ja, auch das ist mir aufgefallen, dass sein Kissen morgens ganz nass ist. Wir werden eine Logopädin kommen lassen müssen, so meint die Schwester. Mit dem Trinken sollten wir jetzt eher sehr vorsichtig sein. Vorhin hat sie Johannes einfach noch einen Tropf mehr angehängt, nachdem sie mit unserem Hausarzt Rücksprache gehalten hatte. Sie ist so tüchtig! Wenn wir sie nicht hätten! Ihr haben wir es zu verdanken, dass wir bis jetzt ganz gut hier zu Hause zurechtkommen.

Wenn nur nicht die vielen Sorgen wären! Und der Druck auf der Brust. Wenn ich doch einfach mehr Kraft hätte! Ich weiß gar nicht mehr, wann ich zum letzten Mal durchgeschlafen

habe. Heute früh war es mir für einen kurzen Moment so
seltsam, seltsam schwindelig, dass ich mich hinlegen musste.
Nur ein Weilchen, bis ich wieder besser Luft bekam. Gesagt
habe ich aber keinem was. Es ist ja wieder vorbei. Nur der
Druck hinter dem Brustbein ist noch nicht ganz weg. Das ist
bestimmt bloß der Schlafmangel. Ich werde heute einfach
Johanna, unsere Enkelin fragen, ob sie diese Nacht mal bei
ihm mit im Zimmer schlafen kann. Und vielleicht lasse ich sie
die Notfallnummer ins Telefon einprogrammieren, damit ein
Tastendruck genügt. Nur sicherheitshalber. Ich muss einfach
nur mal richtig schlafen.

Johannes

Ende November

Worte, so viele Worte kann ich denken! So viele Bilder kann
ich sehen! Mein ganzer Kopf ist voll damit. Ich bin richtig da!
Das macht mich überschnappend vor Freude. Habe gerade
eine Hochzeit gebildert. Meine Hochzeit, habe uns zum Altar
hingesehen. Hand in Hand. Meine Anna ganz in unschuldigem
Weiß und ich. Ich kann das Bild halten! Macht mich das froh!
Ich bin reich!
Heute ist ein guter Tag.
Ein klarer Tag! Herrlich!
Ich habe Kraft und...und Hunger.
Die Beine wackeln, als ich darauf stehen will. Fühlen sich wie

Wabbel an. Aber sie halten. Dann wird es schwarz mich, aber nur kurz. Habe am Nachtkästchen eine Stütze. Die Klarheit kommt zurück. Ich strecke mich und ziehe tiefe Luft ein. Heute kann ich Stämme ausreißen. Ja, das könnte ich!

Da! Ein Knall. Was war das?

„Hallo, hallo wer ist da?" rufe ich nach unten. Höre aber nicht noch mehr, auch keine Rückwort.

„Hallo, hallo! Was ist los?" Da endlich ein Kartzen und Stöhnen! Da ist doch wer! Da ist doch was nicht, nicht richtig. Da unten. Ich muss nachsehen. Ich bin ganz heiß vor Schreck. Weiß plötzlich, dass was passiert ist. Mein Herz rennt so. Das sagt mir das.

Lauft Beine lauft! Und meine Beine hören…

Bis zur Treppe klappt es ganz gut, dann zieht 's mich nach hinten um. Lande mit meiner dicken Hose auf der ersten Stufe. Das schwungt mich gleich weiter. Wie…wie auf einer Rutsche geht's abbich. Merke Schläge im Rücken bei jeder Stufe bis zum Kopf. Rumps, rumps, rumps. Als ich unten bin, merke ich, dass ich Knochen in mir habe. Alles ist durcheinander gefallen und schmerzt so weh. Das muss alles kaputt sein, jetzt. Ich will wimmern, weil Wimmern immer hilft.

Aber da wimmert schon jemand! Ich hab's deutlich gehört!

Ich muss helfen! Laufen geht nicht mehr, der eine Fuß macht nicht mit. Doch auf den Knien kriechen, ist schaffenbar. Die Hände ziehen mich langsam vorwärts. Ich bin gleich da. Nur noch ein Stück.   „Ich bin gleich da!", rufe ich.

„Ich helfe!"

Das Herz bleibt mir stehen. Dort in der Tür liegt...liegt... Anna.
Sie sieht so blau aus! Das sieht aber gar nicht gut aus. Blau
sollte sie nicht sein. Blau heißt Herznot.

Herznot heißt Notfall!

„Anna, Anna! Was ist! Sag was!" Doch sie stöhnt nur, sieht
mich aber an. Die Luft geht so komisch. Rasselt. Auwei! Notfall! Das Herz.

„Tut das Herz weh? Anna sag doch was!" Dann plötzlich geht
ihr Blick davon. Die Augen sind ganz weit und schwarz. Ich
weiß, ich weiß...das Herz steht still. Kein Schlag mehr, kein
Puls, kein Rasseln mehr. Ich haue ihr auf die Brust. Das muss
doch gehen!

„Hilfe, hilfe!" schreie ich. Keiner kommt. Ich bin allein.

„Anna, Anna, bleib bei mir!" flehe ich. Dann entdecke ich das
Teledings. Muss den Noteinsatz rufen. Ziffern...verflixt! Welche
Ziffern? Was ist das? Notfallnummer steht da geschrieben,
daneben eine Taste. Ich drücke sie...es tütet. Dann spricht
wer. Ich schreie sofort:

„Hilfe, hilfe kommen Sie. Das Herz steht still. Die Atmung ist
still! Bitte schnell!" Er fragt wohin. Wohin nur? Oh Gott! Wohin
nur?!

Doch dann schießt es mir ein.

„Nach Hause. Köberlein. Mühlengasse 12." Ich warte nicht auf
die Antwort, werfe den Hörer hin, bin wieder bei Anna. Sie ist

so still, ganz still. Meine Hände handeln selbst. Sie wissen Bescheid. Drücken auf die Brustmitte, immer wieder 1 und 2 und 3 und...ich zähle weiter bis 30. Atme mit Anna. Alles geht von alleine...Ich weiß nicht, was ich mache, aber ich mache immer weiter. Drücken, drücken...atmen. Ich kann das!

Bis ich keuche und pfeife. Bis die Arme schmerzen. Bis alles um mich her flimmert. Oh Anna geh nicht! Ich drücke und drücke. Auch als mir drehig und schwarz wird. Verliere fast den Halt. Sehe plötzlich blauen Flackerschein durch das Fenster, höre noch die Sirenen. Dann wird alles dunkel um mich her.

TEIL 5

JOHANNA

Oh mein Gott. Es ist alles so schlimm. Meine Eltern und ich waren gerade bei Großmutter auf der Intensivstation. Sie haben uns kurz reingelassen. Der Arzt hat uns alles erklärt. Herzinfarkt. Sie musste wiederbelebt werden und das Wunder geschah. Die Rettung kam rechtzeitig. Sie haben sie zurück- geholt.

Hoffentlich geht nun alles gut!

Ausgerechnet, als ich nicht da war, musste so etwas passie- ren! Oh mein Gott. Nur wenige Minuten später...und...und...es wäre, wäre zu spät gewesen.

Aber es ist immer noch ernst. Sie hängt an Apparaten und Schläuchen und ihr Gesicht war so fahl! Ich habe sie gar nicht gleich erkannt.

Oh mein Gott, wie konnte das nur so kommen? Sie hat doch nie was gehabt, nie was gesagt! Sich nie was anmerken las- sen.

Die letzten Wochen müssen einfach zu viel gewesen sein. Ich hätte ihr mehr abnehmen müssen. Hätte sie mehr zur Ruhe zwingen müssen.

Die Ärzte sagen sogar, sie habe wahrscheinlich schon einen stummen Infarkt durchgemacht. Das sei zu erkennen gewesen. Aber jetzt habe sie einfach unglaubliches Glück gehabt, weil Großvater geholfen hat. Unser dementer Großvater, der wochenlang selber im Bett gelegen hatte! Der Großvater, der wegen Inkontinenz Windeln trägt, der gewaschen wird und der schon seit Monaten den Namen seiner Frau vergessen hat. Dieser Großvater weiß plötzlich wieder wie Erste Hilfe geht.

Das ist wirklich ein Wunder.

Großvater haben sie gleich mit ins Krankenhaus genommen. Er hat einen gebrochenen Fuß, einige Prellungen und Hämatome. Sie haben ihn komplett durchgeröntgt. Sie vermuten, dass er die Treppe heruntergefallen ist, als er zu ihr wollte. Vielleicht hatte sie ja vorher noch nach ihm gerufen? Und er hat den Ernst der Lage gleich erfasst. Das ist so unglaublich! Ich bin so gerührt! Bin irgendwie richtig stolz auf ihn!

Vielleicht ist das ja so, wenn der liebste Mensch in Not gerät, dass dann selbst ein abgebautes Gehirn in der Lage ist, für einen Moment wenigstens, Reserven normalen Handelns zu mobilisieren.

Und danach ist es dann wohl auch fast normal, dass so ein schadhaftes Gehirn, ob des hohen Energieaufwandes zuvor, gleich mehrere Lichter gleichzeitig löscht.

Ich war nämlich gerade noch bei ihm. Er sprach nichts und verstand nichts. Schaute mich bloß mit diesem ratlosen Kinderblick an. Ich redete und redete. Musste alles loswerden. Nichts, aber auch gar nichts ließ erkennen, dass irgendetwas bei ihm ankam. Ich kann das nicht verstehen, kann das alles nicht wirklich nachvollziehen. Kann das überhaupt jemand?

Anna

Ich bin gerade aufgewacht. Weiß nicht sicher, wo ich bin. Ich liege in einem Bett, aber nicht zu Hause. Das Deckenlicht ist so hell. Es blendet mich so sehr. Deshalb versuche ich mich abzuwenden. Ich fühle mich so schwer und matt, als sei ich gerade Marathon gelaufen. Irgendetwas stimmt mit mir nicht. Ich kann mich nicht richtig bewegen und mein Mund ist so trocken. Ich schaue mich um und erkenne, dass ich überall fest hänge. Über mir hängt eine Flasche mit Flüssigkeit. Jetzt erkenne ich den Schlauch, der in meinen Arm mündet. Das muss ein Tropf sein. So ein Ding wie Johannes ihn brauchte. Da durchfährt es mich siedend heiß! Wo ist Johannes? Was mache ich hier? Wieso bekomme ich einen Tropf? Was ist passiert? Auf einmal höre ich es rascher hinter mir piepen. Das Piepen schwillt an, wird schließlich zum Dauerton. Ist das ein Notsignal? Tatsächlich kommt in diesem Augenblick jemand zur Tür hereingeeilt.

„Sie sind ja wach!", begrüßt er mich. Ich will etwas sagen, bekomme aber nichts heraus. „Geht es Ihnen besser?" fragt er jetzt. Während er das Dauerpiepen zum Schweigen bringt, erklärt er mir, dass ich im Krankenhaus liege, auf der Intensivstation.

„Drei Tage haben Sie geschlafen. So ein Herzinfarkt ist keine leichte Sache."

Ich hatte also einen Herzinfarkt! Seltsamerweise regt mich das gar nicht auf.

Aber was wird nun mit Johannes?

JOHANNA

Drei Tage später

Großmutter geht es besser. Sie war sogar wach hat uns auch gleich erkannt. Sie hatte wirklich großes Glück. Die Ärzte sagen der Infarkt sei Gott sei Dank nicht sehr groß gewesen. Sie denken, dass sich ihr Herz wieder erholen wird, aber die ersten Wochen seien immer die kritischsten. Außerdem wissen sie nicht, ob sie sich auch geistig wieder völlig erholt, oder, ob sie Lähmungen zurückbehält, weil das Gehirn eine Weile schlecht versorgt war. Nun müssen wir warten und hoffen.

Die herzeigenen Gefäße seien verengt und eines sei zugegangen, das habe zum Sauerstoffmangel im Herzmuskel geführt und damit zum Infarkt. Jetzt müsse jede Aufregung von ihr ferngehalten werden. Denn die wäre Gift für sie. Deshalb bekomme sie auch Medikamente, die sie alles gleichmütiger nehmen lassen.

Wenn sie sich dann wieder erholt hat, wollen sie die anderen verengten Gefäße operieren. Sie sprachen von Bypässen. Danach soll sie aber noch zur Reha. Das heißt, dass Großmutter das nächste halbe Jahr so gut wie gar nicht zu Hause sein wird.

Doch was wird dann aus Großvater? Bis jetzt hat noch keiner dieses Thema angesprochen. Ich war heute auch wieder bei ihm. Er hat sich natürlich gefreut, Besuch zu bekommen, aber erkannt hat er mich nicht. Er hat jetzt einen Gehgips, könnte also herumlaufen. Aber der Gips irritiert ihn dermaßen, dass er ständig versucht ihn abzubekommen. Eine Schwester sprach mich heute an. Er sei oft so durcheinander, dass sie hier auf dieser Station Sorge haben, er könne irgendetwas anstellen, weil sie ihn ja nun nicht ständig im Auge behalten könnten. Heute zum Beispiel habe er Leute gesehen, die gar nicht da waren und hätte immerfort laut um Hilfe gerufen. Da hätten sich die anderen Patienten schon aufgeregt. Sie fragte deshalb auch gleich, ob wir damit einverstanden wären, wenn er auf eine spezielle Station für Demenzkranke verlegt würde oder

noch besser gleich in die Gerontopsychiatrische Klinik. Dort-
hin, wo er schon war. Sie wollte auch wissen, ob wir uns
schon um eine Pflegestufe gekümmert hätten. Aber ich glau-
be, den Antrag hatte Großmutter schon eingereicht. Wir wer-
den uns ganz schön umstellen müssen, werden eine Menge
organisieren müssen. Denn auch Großmutter wird am Ende
mehr Hilfen benötigen. Und wer weiß, ob es überhaupt mög-
lich sein wird, Großvater wieder nach Hause zu holen. Denn
mit ihm wird es ja wohl immer schlimmer werden und Groß-
mutter kann er so nicht zugemutet werden, egal, wie oft der
Pflegedienst kommt.

Also Heim. Ich kann mir das bloß noch gar nicht vorstellen,
will das auch gar nicht. Er täte mir dann so leid.

Heim, das heißt dann endgültig Endstation.

Johannes

Ich weiß gar nichts mehr. Ich sehe aber überall so viele Leute,
auch in meinem Zimmer. Ich kenne gar niemanden. Mein Bett
riecht komisch, alles ist komisch. Alles ist anders. Ich weiß
nicht, wo ich bin. Sie kommen rein, rennen hin und rennen
her, räumen und plappern unentwegt. Ich habe gerade Essen
bekommen von einer fremden Frau! Sie stellt es ab und fort
ist sie. Ich mag sie nicht. Das Essen auch nicht. Alles ist blöd.
Hier will ich nicht sein! Ich will weg, aber der Fuß pocht und
ist verklumpt. Das macht das Bein so schwer. Mir ist alles

schwer. Mag den Fuß nicht und mag mich nicht. Keiner ist da, den ich kenne. Bin so getrübt. Möchte weinen. Ich glaube, ich habe was verloren.

*

Sie kommt herein und lacht mich an. Ich freue mich so. Endlich! Sie ist da. Sie kennt mich, weil sie mich umdrückt. Weil sie Kräuter für mich hat und braune Ecken, die gut schmecken. Ich schlecke alle auf. Die Kräuter tränkt sie in einen Wasser...Wassertopf. Das sieht sehr schön aus. Und sie riechen gut.

„Wir machen einen Ausflug", sagt sie.

Was ist ein Ausflug? Aber es muss was Gutes sein, denn sie lächelt, als sie es sagt. Sie bringt einen Fahrsitz herein. Das soll mein Auto sein? Sie nickt und schiebt mich im Rollwagen über den Flur. Der ist so lang. Hier war ich noch nie. Alle rennen hier. Sehen sehr wichtig aus. Sie haben angeweißte Kleidchen und Anzüge an. Machen viel Betrieb. Ich fahre vorbei. Dann eine Verzweigung. Noch so ein Gang! Was ist das hier nur für eine Fabrik? Wir kommen hier nicht raus. An einer großen Verglasung gibt es ein Stopp. Doch die Tore öffnen sich nicht. Ein rotes Schild warnt vor irgendetwas. Aber die Zeichen sind mir fremd. Das Mädchen hinter mir drückt an der Seite auf ein Dings.

„Wir fahren Oma besuchen", sagt sie zu mir. Oma? Ich schaue sie an.

„Oma ist hier?" Das ist komisch. Das ist kein Ort für eine Oma. Auf einmal kriege ich Angst und muss mich anklammern. Fest an ihre Hand.

Dann geht das Tor auf. Ein grünes Männchen guckt heraus. Fragt: „Bitte?"

Mein Mädchen sagt: „ Guten Tag. Wir möchten gern Frau Köberlein besuchen, Anna Köberlein. Das ist ihr Mann. Wir kommen von der Chirurgischen. Ich bin die Enkelin der beiden."

Der Grüne sperrt die Tür jetzt ganz auf und winkt uns herein. Knurrt: „Aber nur kurz!" Das Knurren ist mir egal, denn das Mädchen hat da gerade etwas gesagt. Anna Köberlein. Das habe ich doch schon mal gehört. Ich muss sie kennen. Ja, genau, ich kenne sie. Mein Herz springt vor Freude. Der Grüne ist vor uns, zeigt uns eine Tür, geht aber allein hinein. Tür wieder zu. Na so was! Kurz bald ist er wieder da, erklärt etwas. Verteilt grünes Zeug und Tüten. Das Mädchen verkleidet mich zum Grünling, klemmt mir was vor den Mund und tütet mir die Füße ein. Dann muss ich noch in einen anderen Stuhl. Und sie macht sich dann auch grün. Jetzt dürfen wir durch die Tür! Endlich! Was soll das nur alles? Ich habe ein wildes Klopfen in der Brust, mache mir Sorgen, dass es alle hören. Werden wir bestraft? Das Ding vor dem Mund mag ich nicht. Aber der andere guckt so böse. Macht mir Angst. Traue mich deshalb nicht, es wegzurutschen.

„Wir sind da" sagt er da und klopft an, schaut hinter die Tür. Was will er denn da? „Sie ist wach, Sie können herein zu ihr. Aber nur kurz!"

Ich möchte vor Freude hüpfen, als ich sie sehe. Aber sie sieht so krank aus. Ist ganz klein auf der Liege. Hat viele Strippen an sich. An der Seite sind solche Kästen. Alles blinkt. Kleine gelbe Zacken huschen in einem Teil. Wo wollen die denn hin?

„Oma, schau mal, wen ich mitgebracht habe!", sagt das junge Ding gerade. Beim Sprechen bläht sich das Segel vor ihrem Mund. Oma hat so etwas nicht. Ist auch nicht grün. Sie ist weiß. Sie schaut zu mir herüber, lächelt schief. Ich blicke in ihr graues Gesicht. Graukrank! Sie ist krank! Mir wird so rührig, dass mir das Wasser in die Augen kommt. So krank! Ich muss ihre Hand fühlen, muss sie halten. Sie ist so leicht! Was hat sie so krank gemacht?

„Wirst du wieder gesund?", frage ich. Es sitzt was in meinem Hals. Kann nichts weiter, nichts weiter rauskriegen. Nur die Augen, die Augen laufen mir aus.

Anna

Johannes hat mich gerettet! Ich kann es nicht glauben! Er war da, als es mir nicht gut ging und hat richtig gehandelt! Ich hatte solches Glück! Ohne ihn wäre ich nicht mehr. Es ist mir ein Rätsel, wie er das alles hinbekommen hat.

Aber Wunder müssen nicht logisch sein. Mich rührt es so sehr an, was da passiert ist. Mein Johannes! Ich bin so stolz!

Dass ich das noch erleben durfte!

*

Sie haben mich beide gerade besucht, die Enkelin und zum ersten Mal auch Johannes. Er saß im Rollstuhl mit gebrochenem Fuß. Seine Augen haben geleuchtet, als er hereinkam. Also muss er mich erkannt haben. Dann hat er sogar meine Hand genommen und Tränen in die Augen bekommen. Muss wohl erkannt haben, wie es um mich bestellt ist. Das ging mir so nahe.

Aber wie er da so saß, so eingesunken und kümmerlich klein in seinem Stuhl, da konnte ich mir beim besten Willen nicht vorstellen, dass das der gleiche Johannes gewesen sein soll, der noch vor Tagen zu solch einer Leistung in der Lage war.

Johanna

Sie haben es mir gerade gesagt, es hat noch einmal Komplikationen gegeben. Jetzt müssen sie operieren. Aber das eigentliche Problem dabei sei die Narkose, der Eingriff selbst sei weniger das Problem, meinten sie. Sie müssten ihm also eine Vollnarkose geben und das würde von vorgeschädigten Gehirnen oft nicht so gut vertragen werden. Aber sie kämen nicht drum herum, weil sich so was wie eine Entzündung in dem Fuß gebildet hätte und das sei noch gefährlicher als die Narkose. Sie sagten, wir sollten uns also darauf einstellen, dass seine Verwirrtheit schlimmer wird.

Jetzt sitze ich, weil ich ja als Betreuerin eingesetzt bin, hier vor diesem Arzt mit diesem Formular und soll eine Entscheidung treffen. Viele Möglichkeiten habe ich ja nicht. Also entscheide ich mich für noch mehr Verwirrtheit und gegen die Fußentzündung. Ich denke mal, so hätte es Großvater umgekehrt auch gemacht.

Zwei Tage später

So hatte ich mir das nicht vorgestellt. Es ist schlimmer mit ihm geworden als vorausgesagt. Laut gesungen hat er in der Nacht, so dass die anderen Patienten kein Auge zubekommen haben. Er hat außerdem ständig versucht, mit dem frisch operierten Fuß das Bett zu verlassen. Kein Beruhigungsmittel hätte angeschlagen, so dass sie ihn am Bett festbinden mussten. Das muss man sich mal vorstellen! Festbinden! Heute früh sei er dann endlich eingeschlafen, konnte kaum geweckt werden und ist jetzt immer noch total benommen. Redet nur wirres Zeug und wuschelt ständig mit seinen Händen herum, als wollte er irgendwelche Geister verscheuchen. Er hat gar nicht mitbekommen, dass ich da war. Ließ sich durch mich auch gar nicht beruhigen. Ich drang gar nicht zu ihm durch. Ich möchte zu gerne wissen, was für ein Film da jetzt in seinem Kopf abläuft. Was geht da eigentlich in diesem kranken Kopf im Moment ab? Was haben diese Narkosemittel bloß angerichtet! Keine Ahnung. Ich weiß nur, dass es schrecklich sein muss, so wie er leidet.

Großmutter habe ich nichts davon erzählt. Sie darf das auf keinen Fall erfahren! Das wäre ihr Tod.

Jedenfalls haben sie ihn heute in die psychiatrische Klinik verlegt, weil sein Zustand hier so nicht tragbar ist. Weil er allen anderen Patienten Angst gemacht hat.

Hoffentlich geht alles gut! Hoffentlich können die dort seinen Fuß richtig weiterversorgen. Hoffentlich, hoffentlich, hoffentlich!

Johannes

Salat, alles ist Salat. Wurstsalat, Wortsalat, Blattsalat. Wer macht Salat? Nicht die, die haben ihn aufgefressen. Die kommen von überall her. Das sind ganz viele. Schwarze, rote, grüne, braune. So viele Schnecken. Schnecklich viele. Groß wie Ufos. Schleimig, eklig. Schneckenmassen. Fressen, fressen, fressen. Den ganzen schönen Salat. Alles Mumpitz. Alles weggeschnurzt. Ich muss da raus. Sonst bin ich dran. Rauswühlen. Salat, Erde, Schnecken und Dreck. Das muss weg. Ich muss weg. Ich klebe fest. So viel Schleimkleister. Schlieri schlari. Schneckenmatsch. Puh!

„Hilfe! Sie wollen mir ans Fett! Freit mich raus!"

Keine Chance. Ich bin schon gefressen. Sie fressen erst die Füße.

„Nein, nein, nein! Ich will nicht!"

Werde sie schlagen und hacken.

„Sperrt sie alle ein! Sie dürfen hier nicht sein!"

Die Leut kommen und gucken, gucken herein, gehen weg. Ich bin allein, allein.

„Nehmt mich mit! Hilfe! Helft!"

Sie schleimen mir eins, gleich, gleich bin ich weg.

Monsterschnecken.

„Stecht sie ab! Kocht sie gar!"

Ah, sie kommen wieder.

„Erledigt sie! Macht sie zu Brei!"

Was machen die da? Aber nicht mich! Ich nicht! Die Schnecken sind's. Sie rackern hart, zerren mich fest. Fesseln mich!

„Was macht ihr da? Ich doch nicht, ich doch nicht! Sie sind's! Seht ihr sie denn nicht! Huhu, nein, nicht! Bitte nicht! Huhu. Ne-i-n. Freit mich ab, bitte. Freit mich wieder ab! B-i-t-t-e!"

Ernste Gesichter. Sagen nichts. Dann sind sie fort! Fort! Nein, nein, nein. Nicht allein lassen! Weg muss ich. Bin aber fest. Kann nicht auf.

Höre Glöckchen läuten. Hell, ganz fein. Kling, klang.

„Kling Glöckchen klingelingeling, kling Glöckchen kling...ist so kalt im Winter, lasst mich rein ihr Kinder..." Das hilft. Mich reinlassen. Rein oder raus. Raus, raus, raus!

Ha, jetzt habe ich sie gelockt. Auf die Tür! Was nun? Sie schweben mich davon. Raus, raus, raus. Adieu, ihr Schnecken. Nie mehr wieder. Ich komme davon...Raus und davon. Endlich Licht und Luft. Bin verrettet! Komm zur Ruh. Engel tragen mich davon. Goldenes Haar umseichtet mich. Goldenes Klingeln.

„Kling…Glöckchen…klingelingeling…"

*

Ich rolle schneller als die, die zerrigen Woben, die schattigen Weben schweben weit hinten.

Rolle, rolle. Huii! Schön schnell! Sie bringen mich fort. Ja, fahrt mich fort! Das Böse bleibt da. Ha! Ha! Ha! Hab euch fein ausgedickst. Das habt ihr davon! Spinnt ruhig weiter eure Weben! Eckt euch ein! Mir könnt ihr nichts. Nichts mehr. Keine Angst mehr. Schreckt euch fort! Netzt euch ein! Ha, ha, ha! Schattel, Schatti, Schatten flüchtet weg, weg, weg.

Türen öffnen, schließen. Ich komme weit. Weit von hinnen. Dann in die Kiste, Türen klappen zu. Rumps! Holterdiepolter. Kleine Gucklöcher zum Blicken. Sehe Himmel mit Wolken, Bäume mit nichts, Fenster von Häusern. Alles saust vorbei mit Rumpel und Polter, rüttelt mich durch. Bunte Fäden wehen herein. Tanzen und fransen. Will sie fassen. Will sie haben. Sie sind so schön. Glintern mich an goldrotgrün. Glitziger Sternchenregen. So schön, so schön! Sind so fadig huschig. Kann sie nicht kriegen.

Will aber fliegen. Fliegen wie sie. Will Farbe sein. Bunt wie sie. Fangen. Lasst euch doch fangen! Ich flieg mit!

*

Vorbei das Sausen. Vorbei das Holtern. Was kommt nun? Aha. Tür auf. Kopf rein. Eins. Zwei. Hände auch. Greifen meinen Wagen. Raus geht die Fahrt. Die Huschigen kommen mit. Ich seh sie genau. Hinter mir her. Rollt mich doch schneller! Sie sind gleich da! Wollen mich, mich, mich! Denn ich bin schuld, verschuldet schuldig. Strafen mich tief.

„Es tut mir leid, es tut mir leid! Nein, nein!"

Gesichter nahen sich. Worte kommen an mein Ohr. Aber kommen nicht rein. Sie fangen sie vorher weg. Sie sind schon da!

„Hilfe, hilfe! Nehmt sie weg! Hab nichts getan!"

Eine Hand auf meinem Kopf, streicht mich beruhigt. Wärme nimmt mir die Zittrigkeit, weg sind die Schatten. Halte die Hand. Greife sie fest. Sie tut so gut.

Bin bald eingerollt. Das Tor geht zu. Rolle weiter. Zähle die Lichter über mir. Eins, zwei, drei, vier , fünf. Deckenkaros stricheln vorbei. Dann Stehen. Gesichter, die reden. Reden über mich und sie.

„Bleib ich jetzt hier?" Ja, ja. Nickenrunde.

Bin ich Zuhause? Nein, nein.

Wo, wo ist Zuhause? Ich kenn doch keinen!

ANNA

Es war so tröstlich gewesen, Johannes ganz in der Nähe, im selben Krankenhaus zu wissen. Jetzt ist er fort. Wird er das verstehen? Wird er sich nicht ängstigen mit all den Fremden um ihn her? Wie wird er das verkraften? Ist jemand da, der ihm alles erklärt und ihn beruhigt? Diese ständigen Veränderungen müssen ihn doch noch mehr verwirren! Ich mache mir solche Sorgen!

Johanna versprach, ihn heute noch zu besuchen. Ich habe sonst keine Ruhe. Dabei sagen sie immer, ich soll mich möglichst nicht aufregen. Noch immer bekomme ich Medikamente, die mein Herz ruhiger machen. Bin aber mittlerweile auf die Normalstation verlegt worden, esse und trinke wieder selbst. Bekomme Bewegungstherapie wegen der Schwäche in Arm und Bein und das Sprechen geht auch nicht richtig. Das werde ich alles üben. Ich will es. Dann wird alles wieder gut. Ich weiß das.

*

Johanna sagt mir nicht alles. Sie will mich schützen. Ich spiele mit, lasse sie glauben, ich merke nichts. Sie sagt, Johannes habe die Verlegung gut überstanden, ohne groß zu merken, dass er jetzt woanders ist. Er habe so gleichgültig und sehr müde gewirkt. So, als hätte man ihn ruhig gestellt. Was mag da nur vorgefallen sein? Was haben sie mit ihm gemacht? Sie erzählte mir, sie hätte ihn dick eingemummelt in seinem Rollstuhl hinaus in den Garten gefahren und sie hätten dort eine Weile in der Sonne gesessen. Er hätte so zufrieden gewirkt. Das erzählte sie jedenfalls. Wesentlicher scheint mir jedoch zu sein, was sie verschwieg. Dass er nichts sprach, dass sein Blick ins Leere ging, dass er sie womöglich wieder nicht erkannt hat. Das, was ihr die Ärzte darüber gesagt haben, warum er Beruhigungsmittel gebraucht hat. Das alles stand nur in ihrem Blick und in den Pausen zwischen ihren Sätzen.

Ich werde mich beeilen müssen, wieder richtig auf die Beine zu kommen.

TEIL 6

ANNA

Drei Monate später

Ende April

Es ist so rasch schlechter geworden. Was ist ihm nur alles verloren gegangen!

Und mir! Sein Wortschatz ist so zusammengeschrumpft. Oft sind seine Worte auch in sich so verdreht, so dass ich mich schon sehr mühen muss, zu verstehen, was er meint. Und manchmal weiß ich schon gar nicht mehr, ob er überhaupt noch etwas Konkretes wollen könnte. Dann frage ich mich, was wohl in seinem Kopf gerade vor sich geht und wie er seine Umwelt wahrnimmt. Auch seine Mobilität ist zunehmend eingeschränkt. Nun sitzt er überwiegend im Rollstuhl und läuft nur in guten Momenten am Rollator, trotz der vielen Physiotherapie, die er hier in der Klinik bekommen hat.

Die Zeit ist uns einfach davongelaufen. Er hat sich mittlerweile fast gänzlich verloren.

Jetzt sind wir wieder da, wo es vor einem Jahr angefangen hat. In demselben Zimmer, auf der gleichen Station. Es ist auch derselbe Stationsarzt von damals, der mit uns das Entlassungsgespräch geführt hat.

Derselbe ist vielleicht nicht richtig. Denn auch er ist ein Jahr älter geworden, ein Jahr näher vielleicht auf den eigenen Verfall zu.

Jetzt bin ich aber zu bitter! Nein, das sollte ich nicht sein! Dabei kann ich es nicht leugnen, dass sich in meine Sichtweise so etwas allgegenwärtig Negatives eingeschlichen hat. Jedes Lächeln fällt mir schwer. Jede Freude lässt mich schuldig fühlen. Schuldig wegen des Schrittes, den alle für unumgänglich halten. Um den es jetzt auch gerade wieder geht. Der junge Arzt schildert mir noch einmal alle Vorteile, weist auf meine eigene fragile Gesundheit hin und die drohende Überlastung meinerseits bei einer Pflege zu Hause. Er spricht davon, dass ich mehr für Johannes da sein kann, wenn ich ihn nicht ständig um mich habe, ich mich nicht dadurch vollends aufbrauche. Physisch und psychisch.

Ich bin so in Gedanken, dass ich mir gar nicht sicher bin, ob ich nachher noch das zusammenbekomme, was mir der Arzt gerade erzählt. Ich mühe mich, seinen Worten zu folgen, doch mein Gedankenkarussel dreht sich zu schnell.

Ich weiß nicht, was ich nur habe. Ich kann ihn doch so oft besuchen, wie ich will. Ich werde auch nicht allein sein. Johanna wird bei uns wohnen bleiben...

Bei uns! Wieso können die gewohnten Wendungen so gemein klingen?

Bei uns wird es in Zukunft nur noch mich geben...und, und im Heim dich! Jetzt sind wir also nicht nur im Geiste getrennt...Warum tut das nur so weh? Warum fühle ich mich nur so, als würde ich ihn verstoßen, ihn verraten? Warum kann ich das bloß nicht pragmatischer sehen? So wie die anderen.

Was? Jetzt hat mich, glaube ich, der Stationsarzt etwas gefragt. Ich habe das gar nicht mitbekommen. Nur sein erwartungsfroher Blick und sein plötzliches Schweigen lassen mich zusammenschrecken...

„Entschuldigung", sage ich, „Ich war gerade so in Gedanken. Ich weiß auch nicht...mich macht das alles so fertig...ich kann mich gar nicht richtig konzentrieren."

„Das ist nicht so schlimm", lächelt er zurück. „Ich wollte nur wissen, ob sie sich in den letzten Wochen wieder einigermaßen erholt haben, in der Reha, meine ich. Und ob auch sonst alles in Ordnung ist."

Verwirrt blicke ich ihn an. Ob alles in Ordnung ist? Gar nichts ist in Ordnung. Ich merke, dass es mir plötzlich den Hals zuschnürt und mir die Tränen in die Augen schießen. Wie kann mich so eine Frage nur so durcheinander bringen? Die Worte bleiben mir im Halse stecken.

„Schuldgefühle?" fragt er und reicht mir ein Papiertaschentuch. In diesem Moment bricht der Damm und ich fühle mich von einem Heulkrampf geschüttelt. Kann einfach nicht anders. Ich weiß überhaupt nicht, was mit mir los ist. Erst als ich seine beruhigende Hand auf meiner Schulter spüre, merke ich, was es ist. Es ist die Trauer über das, was mir genommen wurde. Weil dieses Nachfragen und die Hand auf meiner Schulter genau das ist, was mir fehlt. Der Halt, das Gefühl gestützt zu werden und die Sehnsucht, mich endlich mal wieder anlehnen zu dürfen.

„Es tut mir leid", schluchze ich, „ich wollte mich nicht, nicht so...so gehen lassen. Es ist nur so, so, dass ich mich mit dem schlechten Gewissen, ihn ins Heim zu geben, so ziemlich allein fühle. Ja, ich habe Schuldgefühle. Aber ich kann doch niemanden damit belästigen, wenn es den anderen nicht so geht wie mir, wenn mich eh keiner versteht...Ich bin so zerrissen. Denn ich weiß ja einerseits, dass ich es gar nicht mehr mit ihm zu Hause schaffen kann...und doch kann ich den Gedanken der Trennung nicht ertragen. Diesen Verrat."

„Das ist es, was es Ihnen so schwer macht", beginnt er nach einer Pause und schiebt seinen Stuhl dicht vor mich, „dass sie es als Verrat empfinden. Da hilft Ihnen im Moment auch nicht die Vernunft, weder die der anderen noch die eigene. Das ist einfach so, wenn man sich sehr gern gehabt hat. Glauben Sie mir, das, was sie da gerade durchmachen, ist so normal wie menschlich und ich glaube nicht, dass das keiner Ihrer Angehörigen verstehen würde. Es ist nicht gut, wenn Sie das alles für sich behalten und versuchen, es in sich zu verschließen. Wissen Sie, ich erlebe das sehr oft hier, wenn es um dieses Thema geht. Könnten Sie es sich denn gar nicht vorstellen zum Beispiel mal mit Ihrer Enkelin darüber zu sprechen? Die war doch, während Ihr Mann hier lag, auch immer so dicht dran. Ich könnte mir gut denken, dass sie Sie versteht. Sie können das doch nicht alles auf Ihre eigenen Schultern packen. Das wird zu schwer.

Bitte versprechen Sie mir, dass Sie es wenigstens versuchen, sich auch mal auf andere zu stützen."

Nach einer Weile fährt er fort:

„Sie wissen schon, dass Sie mehr als ihr Mann unter dem Heimumzug leiden, oder? Das macht die Trennung, den Abschied, der sich im Laufe der letzten Monate bereits zwischen Ihnen vollzogen hat, so endgültig, stimmt 's? Der Verlust, der so viel klarer wird?"

„Mag sein", murmele ich und schnupfe in mein Taschentuch. Genau das scheint es mir zu sein.

„Aber denken Sie immer daran", fährt er fort, „ bei allem, was Ihnen nun von ihm fehlt, die...die Erinnerungen an die guten Momente, an die einzigartigen Augenblicke mit ihm, die... die kann Ihnen keiner nehmen, selbst dann nicht... dann nicht, wenn sie beide nicht mehr unter einem Dach leben. "

Ich nicke dankend und fühle eine erneute Flutwelle aufsteigen und gleichzeitig meinen Kopf an seine Schulter sinken.

Hoffentlich nimmt er es mir nicht übel, dass sein Kittel nun nasse Flecken bekommt.

Johannes

Im Mai

Im Pflegeheim

Weiß nicht.........weiß nicht Tagnummer..........komme nicht mit.........hell, hell.........nicht schwarze Nacht. Allein, allein..........alle weggemenscht hier..........so wenig voll. Großes Hell hereinschallert..............ich seh das Blau............so schön. Bin fest............festgedrückt eingefleischt. Hände gehen noch............hoch, hoch, hoch... mehr nicht.............nicht unten die.............alles schwerfest............kann nicht..........nicht hin und rum............nur hier. Allein.

Summi..........summi............brrmbrrm. Ohrensumsen. Hier? Nein dort! Drin ist's, ha, ha. Hört, hört! Schießt mir was von hinnen.................von Sinnen? Alles ver-döpst.............verklöpst. Ha, ha, ha! Ich bin verklöpst. Heiliger Gesangsverein! Gesangs...................? Was? Tirillieren. Sie tirillieren im Hier. Tralleri, trallera. Ich trallelalle mit. Summsummsumm.............wiediwiedibumm.

Habe Schopfsausen.

*

Ha! Service kommt. Klirr und Klapper, lächelt rein. Verbringt mir Trunk und Spelz. Hmm.........hmm...........luffelt gut. Einge-deibter Rührgrünschibbel............schackt mich gut. Löffelwan-dern hin zu mir…hin und her…ist nicht schwer.............haps und haps.............eingedabbst...............wird einge-baucht...........ich bauche ein.............Daps und Paps.............schön   bauchwarm, hmm.............fein, fein. Aber die Grullern, nein, nein, nein. Will ich nicht, nein.

„Keine Grürbsen! Weg, weg, weg. Nicht mehr, nein!" Schebt sie wieg.

„Nur noch Gelbrei. Bitte."

„Ja, gut."

Uff, alles voll, kann kein Moll mehr. Kein Moll mehr. Bin so quitt.

Uaah.

Tellerräumen. Geht sie wieder?

„Nein, nein, nein! Verbleib noch da! Vergeselle mich. Nicht allein lassen!"

Rächelt nur still.........und wortet mich an. Geht dann doch.

Was ist „keine Zeit"?

Hat sie nicht.

*

Klopf, klopf. Verweckt mich ganz. Gesuch schaut hereib. Eins, zweit kommen. Zu mir. Schön, fein........nicht mehr leinig sein.........so schön...........schwabbeln und brabbeln alles voll.........so viele lächeln und lebbig hier...........lacheln und lucheln. Nehemn mich mit, mit raus.........raus von hier. Was? Warum? Soll das?

„Vertut ihr mich?"

*

Hellicht, soviel.......Hellicht........laufelt mich........vorbei wie-
seln........wiesen.........grün.........auch bunttupf.........alle hier,
ich auch........singlein sing........schön, schönlieb........wollich
immer hier...........hier........hier sein........immer........hier
sein..........sein..........freituffig........sommig..........schaun........sc
haun........schaun. Magen ich so...so...so leichtschwe-
big.........einfach lücklich sein. Runden ma-
chen.........Runden..........machen.......umrunden........umwegeln
........blumsäumeln...bäumeln.......alles so schön!

Was will ich sonst?

Anna

Anfang Juni

*Nun ist er schon vier Wochen im Heim. Ich hatte mich ja
wirklich schwer getan mit diesem Schritt. Aber allmählich
komme ich damit klar und habe vor allem gemerkt, dass ich
den inneren Abstand dringend nötig hatte. Ich bin innerlich
jetzt doch deutlich ruhiger, jetzt, da ich die alleinige Verant-
wortung los bin. Diese ziellose Flatterigkeit, die mich zwar
ständig aufscheuchte, aber zu nichts führte, hat mich so unendlich viel an Energie gekostet. Nun habe ich auch wieder
etwas zugenommen und sehe nicht mehr wie ein Gespenst
aus. Ich kann es nicht leugnen, mir geht es einfach besser.*

Das schlechte Gewissen, nun ja...das meldet sich doch noch hin und wieder. Aber längst nicht mehr so wie am Anfang. Das geht schon. Das wird besser. Ich habe das ja erst begreifen müssen, dass ich mehr für Johannes da sein kann, wenn es mir gut geht, dass es niemandem nützt, wenn ich mich an die Grenzen bringe...und darüber hinaus, wie schon einmal...

Das Heim ist ein ehemaliges Schloss mit einer sehr großzügig gehaltenen Gartenanlage ringsum. Von außen ist überhaupt nicht erkennbar, was sich hinter seinen Mauern heute verbirgt. Es wirkt so verträumt und nostalgisch wie im Dornröschenmärchen. Drinnen ist dann im Kontrast dazu alles pragmatisch und ohne Schnörkel hergerichtet, fast so nüchtern wie im Krankenhaus. Hell getünchte Wände, überall Handläufe an den Wänden. Breite Flure und Zimmertüren. Alles rollstuhlgerecht.

Die meisten Insassen hier sind dement. Das Personal hat gut zu tun. Ich krieg das ja mit, wie die laufen müssen, wenn ich da bin. Das ist kein leichter Job.

Johannes hat ein Einzelzimmer in einem Erker. Ein alter Baum steht vor seinem Fenster.

Ich weiß gar nicht, ob er gemerkt hat, dass er in einer anderen Umgebung ist. Er redet ja kaum noch. Manchmal, ja manchmal da kommt so ein Blick, so wach, als wäre ihm alles klar. Ein kurzes Aufleuchten. Aber dann versinkt er wieder und scheint weit weg zu sein. Aber irgendwie macht er immer einen zufriedenen Eindruck, so als entbehre er nichts, als sei für ihn alles im Reinen. Dann und wann lächelt er still und versonnen vor sich hin. Wie gern würde ich in solchen Momenten bei ihm sein, wissen, wie er wahrnimmt und was. Möchte so gern wissen, was in ihm vor sich geht, was ihn bewegt. Denkt er noch? Oder schwimmen nur Erinnerungssequenzen vorbei?

Wenn ich zu Besuch komme, sitzt er meist vorm Fenster und starrt hinaus. Sein Blick verrät mir meistens nichts mehr darüber, was er erkennt. Mag er seine Aussicht, diesen Blick in den Garten hinaus? Beobachtet er dann die Vögel? Ich möchte es mir so gern einreden.

Mittlerweile komme ich auch nicht mehr jeden Tag, aber irgendeiner von der Familie besucht ihn immer. Oft übernehme ich eine Mahlzeit und füttere ihn. Dann kann er sich Zeit lassen. Ich weiß ja auch, was ihm schmeckt und was nicht. Wenn ich bis zum Abend bleibe, lese ich ihm manchmal etwas vor oder erzähle ihm von den Dingen des Alltags. Dass die Pfingstrosen dieses Jahr erst sehr spät blühen und der Nachbar einen Sonnenschirm gekauft hat, der nicht in den Ständer passt.

An den Wochenenden kommt meistens Johanna mit mir mit.

Dann nehmen wir ihn mit raus in den Park mit den schönen

alten Bäumen. Die strahlen so viel Ruhe aus. Zurzeit steht

auch alles in üppigem Grün und überall blüht es so schön. Das

scheint ihm zu gefallen. Ich sehe dann seine Augen staunend

hin und herwandern, jedem Licht- und Schattenspiel folgen.

Die haben hier wirklich einen traumhaft riesigen Garten. Das

macht es mir leichter, ihn hier zu wissen.

Bevor ich mich abends verabschiede, singe ich ihm immer

noch ein Liedchen vor. Das mag er, dann wird er ruhig und

seine Augen werden groß und dunkel. Der Blick geht dann

nach innen und mein Johannes sieht so selig aus. Dann weiß

ich, dass ich gehen kann.

Johannes

Mitte Juli

Wollnich......Willnich......kein Will......

Vermüdet schwer......Müd......so
müd.......und........schrafflaff......

 schlaff......schraffmatt.......mallignullig......mau......so......so
düstig........alles dustig.......alles

Schwarzheit......druckend.......Schwerdruck......mich
klein......mich patt......Keinmut.......ja, Kleinmut......Graumut......

Runten so tief.......runten......unten.......mich ganz tief......so schwärzherz......

Alles auslauft......fort.......so weit........liere mich leer......leer mich fort.......verloren.......habe mich verleert.....muss chusen......mich suchen.

Nun Ruhe.......muss nicht.......nichts mehr......gar nichts.

Einruh'n......und.......und....... durchruh'n

Dunkel......ja, dunkel.

Anna

Irgendwie ist Johannes in den letzten Wochen immer mehr in sich zusammengesunken, reagiert kaum noch, wenn wir kommen und mit ihm reden. Registriert nicht, wenn ich weine, weil sich sein leerer Blick mit nichts füllen mag. Kaum eine Regung, kein Interesse. Oh Johannes, wo bist du jetzt?

Das Essen verschmäht er, das heißt, wenn man es noch so nennen kann, wenn er das, was man ihm in den Mund schiebt einfach an der Seite wieder herauslaufen lässt. Sein Lebenswille scheint zu versiegen und die Möglichkeit, Gefühle zu empfinden, ebenso. Geht es jetzt zu Ende? So schnell?

So innerlich starr sollte keiner gehen. Ich möchte ihm so gern, so gern eine Freude bereiten, ihm dieses Gefühl noch einmal schenken.

Ich weiß nicht, ob es eine gute Idee ist, aber ich wünsche es mir so. Johanna habe ich schon gefragt, was sie davon hält. Aber sie hat gleich zugestimmt. Wenn es möglich ist, planen wir, Johanna und ich, ihn an einem der nächsten Wochenenden mal mit nach Hause zu nehmen. Ich weiß nicht, was ich mir davon erwarte, aber ich hoffe so, hoffe so sehr, ihm etwas Gutes zu tun. Vielleicht bewirkt das „Zu-Hause-Sein" ja, dass er nicht mehr so traurig wirkt. Vielleicht können wir so wieder etwas in ihm wecken und wenn es nur ein Lächeln ist...

Ich weiß einfach, dass es das Richtige ist, ja, ich fühle mich da ganz sicher.

*

Am Wochenende

Zuguterletzt war ich doch ein wenig aufgeregt, wie alles werden wird. Schon allein wegen dem Transport zu uns war ich nervös. Habe mir mal wieder jede Menge unnötiger Sorgen gemacht. Ich hatte ja zumindest erwartet, dass er irritiert auf die Veränderungen reagiert. Aber bis jetzt hat er alles recht gleichmütig hingenommen. Gestern schon haben wir uns mit ihm in den Garten gesetzt und dieses Zusammensein und die friedvolle Ruhe genossen. Ich habe ihn die ganze Zeit beobachtet. Anfangs hatte er noch mit seinem suchenden Blick umhergeschaut. Mir schien es fast so, als wolle er etwas fin-

den, das er erkennt, um einen Halt haben. Doch wahrschein-
lich versanden all die Sinneseindrücke irgendwo tief in seinem
Kopf und klingen aus, weil der Empfänger gegangen ist.

Später dann hat er einfach so mit geschlossenen Augen dage-
sessen, ohne irgendein Interesse zu zeigen. So, wie wir es
schon die letzten Wochen aus dem Heim kannten. Irgend-
wann ist er dann zur Seite weggesackt und war eingeschlafen.
Seine Reserven sind so rasch erschöpft.

Heute nun ist Sonntag, wieder ein neuer Tag und wieder so
ein klarer Himmel. Als ich ihn heute früh fütterte, merkte ich,
dass sein Blick längere Zeit auf mir ruhte. Auch noch, als ich
ihn dann direkt anschaute, sah er mich weiter unverwandt an.
Mir schien es eine Ewigkeit, wenngleich es nur wenige Sekun-
den gewesen sein können. Das ist mir so durch und durch
gegangen. Sein Blick war ruhig und hatte so gar nichts Ziello-
ses.

Einer Eingebung folgend bat ich Johanna, die Familie anzuru-
fen und alle zu bitten, heute noch einmal herzukommen.

Es ist nur so ein Gefühl.

Nun sitzt er wieder geschützt hinter der Hecke in der sonnigen
Blumenwiese. Vielleicht hört er dem Gesang der Vögel und
dem Summen der Bienen zu, vielleicht nimmt er den Duft all

der vielen Blumen um ihn her wahr oder betrachtet die klei-
nen Wolkenfetzen am Himmel.

Wer weiß.

Ich werde mich einfach mal zu ihm setzen und meinen Arm
um seine Schulter legen und ihm zeigen, dass ich da bin.

Johannes

Lileicht............bin ich............ausgedunkelt............verhellt
bin.............ich............hell............gelbhell. So durch-
ronnt............wonnt............durchsonnt............Schöntschein......
......scheinmeinschön. Itzerig
klar............blommig............seicht...........verdeucht............verde
ucht mir falln............schommrig süß-
lieb.............horch!............Na das.............das ist.............ist
doch was............so
schön...........chöralt............soprant............ versan-
gen............gesingen............singleinlieb............gut lenzlein
kennt...........Lenz? Tillern
und...........und.............tallern............Tirilallern
Oh...........so............ein süß
füjfühl............freifühl............so............ fein-
frei............fühl............freileicht. Sie...........da, ja
sie............dahier............beimein............hier............ahb sie
riehr............mein...........heimmein............ist

mein.............sein...........ich und.............und
sie...........haltmein...........verhaltet
mein..........fest.............mollt mir.............mollt mir............mollt
mir
herzwamm............wram............warawarm............hier.............s
o lau...........lausch.............wirwarm.............mit
ihr..........herzwarm..........nihier.............lulle.............einlulle......
....sammigsamt.

Anna

Ich glaube, er hat gespürt, dass ich ihn im Arm gehalten habe,
dass ich es war. Das sagt mir die Art, wie er auf meine Berüh-
rung reagierte , wie er sein Gesicht noch tiefer in meinen
Schoß grub und wie er sich beim Hin- und Herwiegen ganz
mir überließ. Sich voll und ganz anschmiegte wie ein kleines
schutzsuchendes Kind. Wie wir da so saßen und diesen Mo-
ment voll auskosteten, musste ich an diesen einen wunder-
schönen Gartentag im Mai vor einem Jahr denken. Diesen
Moment, den ich so festhalten wollte. Diese Bilder kommen
herauf, als sei es erst gestern gewesen. Ich weiß mit einem
Mal, dass sich gerade beide Momente miteinander verbinden
und sich nun der Kreis ganz schließt. Sein Kreis - unser Kreis.
Heute ist es so weit. Mit dieser Gewissheit überkommt mich
plötzlich so eine innere Ruhe und Entspanntheit, die mich, uns
beinahe schweben lässt.

Johannes

Li...........Li....................Licht...................so....................viel
....................vielviel....................Licht............................Li
chtschin-
ner....................Lichterschein............................licht
et....................durchlichtetmich....................
....im....................Licht....................schtrahalt........
....................schön....................so....................
....so...........licht
leicht............leichter....................fleichter....................
.....da....................da....................davon..............
....................ich mich....................in
ihr....................mit....................mit........
....................ihr....................fli........fliehi......
....................hiegen...............davon..............freifli
e-
ger....................frei....................freisein....................
.......ja,frei....................bin ich.

Anna

*Zum Mittag hat er nichts zu sich genommen, lediglich die
Lippen konnten wir ihm mit ein wenig Wasser beträpfeln. Das
hat er dann mühsam abgeleckt. Seitdem schläft er. Manchmal
wirkt er etwas unruhiger, stöhnt dann auch leise. Ob er etwas*

träumt? Man sagt ja immer, dass am Ende das eigene Leben wie ein Film vor dem inneren Auge abgespielt wird. Was sieht er nur gerade? Quält ihn irgendetwas?

Wenn ich ihm in diesen Momenten mit der Hand sacht über den Kopf streiche, merke ich, wie sein Atem ruhiger wird und sich seine Gesichtszüge entspannen. Ob er meine alte knochige Hand erkennt? Oder ist es eher die Art der Berührung, die ihm vertraut sein muss?

*

Nun sind alle eingetroffen. Wir sitzen zusammen in der Küche bei einer Tasse Kaffee und flüstern miteinander. Keiner weiß warum und wer damit angefangen hat, aber es herrscht so eine merkwürdig feierliche Stimmung, dass lautere Töne einfach unangemessen erscheinen. Das ist schon manchmal komisch mit uns Menschen und unseren Gefühlen, wenn alle in einer bestimmten Situation das gleiche empfinden. Selten ist es so harmonisch.

Und ich staune über mich selbst, dass ich heute innerlich so ruhig bin. Es erscheint mir alles irgendwie, wie durch Zeitlupe verzerrt und dabei so überdeutlich klar. Ich kann mich nicht erinnern, jemals so eine wache Klarheit verspürt zu haben. Es ist fast so, als könnte ich die Schwingungen, die in der Luft liegen, greifen, als könnte ich Farben schmecken und Gedanken voraussagen.

*

Mittlerweile ist es später Abend geworden, die Kinder und Kindeskinder waren alle noch einmal bei ihm im Zimmer gewesen und haben ihm, denke ich, jeder nach seiner Art, noch das mit auf den Weg gegeben, was ihnen wichtig erschien. Gerade ist Johanna zu ihm gegangen, während ich in der Küche das Geschirr zusammenräume. Meine Handgriffe sind mechanisch. In Gedanken bin ich auf eine lange Erinnerungsreise gegangen, der Film läuft.

Ich habe keine Eile, denn ich weiß, dass ich noch Zeit habe.

*

Als Johanna mit feuchten Augen herauskommt, nehme ich sie stumm in den Arm. Ich drücke sie sehr lange. Dann trockne ich mir die Hände am Geschirrhandtuch und binde in Ruhe die Schürze ab. Eine feierliche Ruhe ergreift ganz Besitz von mir und hüllt mich wie in einen weichen Kokon.

Nun bin ich bereit. Bereit, mich nun endgültig verabschieden zu gehen. Verabschieden zu gehen von Johannes. Von meinem Johannes und unseren gemeinsamen Wegen.

Sein Atem geht sehr ruhig und ist kaum noch zu hören. Er liegt so friedlich und so entspannt in seinem Bett. Ich sitze neben ihm und streichle seinen Kopf. Wieder und wieder. Wie klein doch so ein Mensch wirken kann! In seinen Decken sieht er so verloren aus! Fast wie ein Kindchen.

Während ich ihn so betrachte, glaube ich beinahe, es ist auch so, dass er jetzt wieder an seinem Anfang angekommen ist. An seinem Lebensanfang. Das sind die längsten und sichersten Erinnerungen, die ein Mensch hat. Die, die bis zuletzt bewahrt werden.

Er ist wieder ein kleines Kind.

Die Erinnerung schrumpft vom Ende her rückwärts, der Film wird vom Ende her gelöscht. Am Schluss kehren wir zum Anfang zurück. Das erscheint mir tröstlich. Der Kreis schließt sich wieder.

Ich habe plötzlich das Bedürfnis, mich neben ihn, mit unter seine Decke zu legen. Dort ist es schön warm. Gerade am Anfang braucht man viel Nestwärme.

Am Anfang UND am Ende.